U0066512

 瑞蘭國際

\ もう困らない！ /

道地日語100話
1秒變身日本人

日語達人　林潔珏（WAWA）　著

輕鬆説一口道地的日語！！

　　去年外甥來日本的語言學校短期留學，一開始時便遭遇挫折，發現自己的日語和日本人説的感覺就是不一樣，好像在唸課文。我替他做了分析，外甥的日語雖然能通，但缺少了一些感情，也就是語感。而要如何去掌握語感，那就要善用接續或是句尾的助詞，並熟悉尊敬語、謙讓語、男女用語，了解口語的特色，以及日語特別的婉轉表達與附和，再加上應時的流行語，講出來的日語就會很道地。

　　「別説喪氣話」、「很麻煩，算了」、「我們還是當朋友吧」、「你管我」、「別賣關子了」像這些在我們日常生活當中頻頻出現的表達，一旦要説成日語，相信有不少的朋友很難脱口而出。其實這些話的單字、句型和文法很簡單，幾乎都是初、中級的日語，只要經常接觸、勤加練習，就能朗朗上口。想和大家分享上述體驗和心得，於是寫下了這本書。

　　本書將日常生活可能發生的情境，分成「在家裡」、「在學校」、「工作」、「飲食」、「購物」、「交通」、「旅遊休閒」、「美容・健康」、「戀愛」、「感情的表達」等10個單元，並逐一細分，將每種情境，採用完整的對話形式，然後融會上述口語、敬語、男女用語、流行語、日語特有的婉轉表達等要素呈現出來。正因為是完整的對話，學起來就不會上句不接下句，變得很流暢。如此一來，要説一口像日本人的日語就不難了。

除了風趣完整的對話，本書簡單明瞭的內容解說，可方便讀者理解為什麼要這麼説，以及如何去掌握語感，而不是去死背。而「還可這麼説」這個部分，更可讓讀者舉一反三，學習更多的説法，讓日語的表達更豐富、更靈活。至於專欄介紹，不僅歸納出學習重點，還可讓大家一窺日語的奧妙與趣味。若能將本書讀到最後，相信您會察覺日語會話並沒有想像得那麼困難。希望本書能讓大家喜歡上日語，將是我最大的榮幸。

　　最後藉這個地方，感謝瑞蘭國際出版同仁的協助與家人的支持。此外，對日本生活有興趣的朋友，也歡迎至如下分享我在日本生活的點滴。

Instagram：chiehwalin
Facebook：Chieh Wa Lin
部落格：WAWA的新家 http://chiehchueh2.pixnet.net/blog

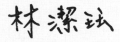

如何使用本書

最自然的日語錄音 MP3
特別邀請日籍名師錄製標準東京腔，配合
MP3 學習，日語聽、說一本搞定！

最實用的 100 則會話場景
精選 100 則日本人在日常生活中最常使用到
的會話，內容既生活化又口語，只要靈活運
用，您就可以 1 秒變身日本人！

**最道地的常用口語
會話**
每則會話也就是每
一場景都有最好用
的口語會話，搭
配正常語速的日語
MP3，跟著聽，照
著說，開口說出一
口流利又道地的日
語！

最精準的中文翻譯
精準又不失自然的
中文翻譯，讓您馬
上知道何時會用到
這句話。或者您也
可以在遇到該種場
景時，先找中文，
再說該句日語，
1 秒輕鬆開口說日
語！

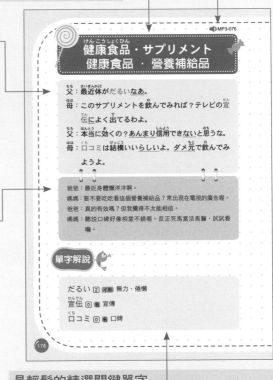

最輕鬆的精選關鍵單字
從每則會話中挑選出 3 個關鍵單字，加上單
字的重音、詞性說明，少少的分量，讓您學
習沒有壓力，逐步累積字彙量！

内容解説

1. 助詞「な」表示感嘆，若要加強語氣可用「なあ」。
2. 助詞「に」表示經常出現的場所，意思是「在」。
3. 「あんまり」為「あまり」的口語，而「あんまり～ない」則表示「不太～」的句型，例如 <u>あんまり効かない</u>（不太有效）。
4. 「らしい」表示個人推測的助動詞，即根據聽來的消息做判斷，語感較「ようだ」客觀，還有前面若是イ形容詞時，必須是普通形。「ダメ<u>元</u>」為「ダメで<u>元々</u>」的略語，表示機會本來就很渺茫，即使失敗也沒有損失的意思。

還可這麼說

食欲不振に効くらしいよ。
聽說對食慾不振很有效喔。

健康食品にたくさんのお金をかけたけど、効果がない。
雖然花了很多錢在健康食品上，卻沒效果。

バランスよく食事を取れば、サプリメントなんかいらないと思う。
若能取得飲食的均衡，我想就不需要什麼營養補貼品。

179

最好學的口語會話常用文法
針對會話中的句子，説明常用到的文法，簡單易懂，讓您不知不覺中就將文法深深地印到腦海裡！

最實用的 300 句萬用句
每則會話針對該主題皆延伸出 3 句最好用的萬用句，加深您的口語會話實力！

口語

日文在一般的會話中經常會使用口語。口語讓人感覺親切自在，而且不必拘泥小節，正因為不拘小節，因此必須使用在熟悉的對象，否則可就失禮了。若非長輩、身分地位比自己高或初次見面的人，不妨嘗試使用口語來縮短彼此的距離。

一般的口語和我們在教科書上學習的日語有幾個明顯的差異，第1個就是「省略」。就省略來說，常省略的一般語句中的「は」、「が」、「を」或句尾表疑問的「か」（但句尾的語調要上揚）等助詞。在句尾表示方向或時態的「～て<u>いく</u>」、「～て<u>いる</u>」、「～て<u>いない</u>」的「い」也可以省略。另外，後半不說也會知道的部分也常會被省略。例如「早く行かなきゃ（後面省略了「いけない」）」（不早點去不行了）。

至於第2個差異，就是「縮約」。常見的如「そう<u>では</u>（→じゃ）ない」（不是那樣）、「言っ<u>ておく</u>（→とく）けど」（我先告訴你）、「早く行か<u>なければ</u>（→きゃ）」、「遅刻<u>してしまう</u>（→ちゃう）よ」（不快點去的話，會遲到喔）、「友達<u>というのは</u>（→って）～」（所謂的朋友～）等等。第3個就像「あの件だけど<u>さ</u>～」（有關那件事呢～）句中，常用來調整語調或添加感動、餘韻、強調等語意的間投助詞也是特色之一。只要多看點日劇或漫畫，相信很快就能抓到要領喔。

034

最多元的日本文化大小事專欄
每一單元的最後，都有一篇文化專欄，除了加強自己的口語會話實力，也能了解與日本人應對進退的方式，以及在日常生活中應注意的大小事。

目次

02 在學校

03 工作

04 飲食

05 購物

06 交通

07 旅遊休閒

08　美容・健康

09　戀愛

10 感情的表達

在家裡

寝坊　賴床

母：もう起きる時間だよ。

花子：もう少し寝たい。

母：どれだけ寝れば気が済むのよ。

花子：あと5分、お願い……。

媽媽：該是起床的時間囉。

花子：我想再睡一會兒。

媽媽：要睡多少才甘願啊。

花子：再 5 分鐘，拜託……。

單字解說

起きる ② 自動 起床

寝る ⓪ 自動 睡覺

あと ① 副 再、更加

内容解說

1. 「よ」為提醒對方注意的助詞。

2. 「～たい」的意思是「希望～、想～」，「たい」的前面要接動詞ます形。例如，「もう少し食べたい」（想再吃一點）、「もっと頑張りたい」（想更努力）。

3. 「～ば」表示假定，前面要接動詞假定形。「気が済む」的意思是「甘願、滿意」。至於句尾的助詞「よ」表示向對方質詢，和前面表示疑問的「どれだけ」相呼應，帶有責備和不滿的語氣。

還可這麼說

今、起きるよ。
我現在就起來。

やばい、早く起きなきゃ！
糟糕，不趕快起床（不行了）！

しまった！寝過ごした。
完蛋了！睡過頭了。

朝食　早餐
ちょうしょく

母 (はは)：朝 (あさ)ごはん、できたよ。早 (はや)く食 (た)べなさい。

花子 (はなこ)：パンじゃないの？ご飯 (はん)、面倒 (めんどう)くさい。

母 (はは)：文句 (もんく)言 (い)わないで、さっさと食 (た)べなさい。また遅 (おく)れるわよ。

花子 (はなこ)：やばい！もう時間 (じかん)がない！

媽媽：早餐做好了喔。趕快吃。

花子：不是麵包喔？吃飯很麻煩。

媽媽：別發牢騷，快點吃。不然又要遲到囉。

花子：糟糕！已經沒時間了！

單字解說

面倒 (めんどう)くさい ⑥ イ形 麻煩

文句 (もんく) ① 名 牢騷

遅 (おく)れる ⓪ 自動 遲到

內容解說

1. 「動詞ます形＋なさい」為命令的表達，表示要某人做某事。通常用在長輩對晚輩，屬於溫和的命令句。
2. 「の」表示疑問的助詞，語調必須上揚。
3. 「文句を言う」的意思是「發牢騷」。一般的口語常會把助詞，也就是「を」省略。而「動詞ない形＋ないで」則表示禁止，意指「不要～」。「さっさと」為副詞，意思是「迅速地」，用來修飾後面的「食べなさい」。「わよ」是為了讓對方留下印象，或是為了尋求對方的同意、共鳴，或是加以提醒時所使用的助詞。

還可這麼說

もうごはんだよ。
已經要吃飯囉。

パンのほうがいい。
麵包的話比較好。

いけない！早く出ないと電車に間に合わない。
糟糕！不趕緊出門會趕不上電車。

外出の準備　外出的準備

がいしゅつ　じゅんび

裕太：あの白のシャツ、アイロンかけてくれた？
ゆうた　　しろ

母　：あ、忘れた。ほかのシャツ、着てよ。
はは　　　　わす　　　　　　　　　き

裕太：しょうがないな。僕の財布、知らない？
ゆうた　　　　　　　　　ぼく　さいふ　し

母　：いつものところに置いてあるんじゃない？
はは　　　　　　　　　　お

裕太：那件白色的襯衫幫我燙了嗎？

媽媽：啊，我忘了。穿其他的襯衫吧。

裕太：沒辦法，算啦。知不知道我的錢包（在哪裡）？

媽媽：不是放在平常放的地方嗎？

單字解說

忘れる ０ 他動 忘記
わす

着る ０ 他動 穿
き

置く ０ 他動 放置
お

018

内容解説

1. 「くれる」是「（別人）給（我）」的意思。而本句的「動詞て形＋てくれる」中，「くれる」為補助動詞，表示「別人為我做～事」的意思。

2. 「しょうがない」為「仕方がない」的口語説法，意指「沒辦法、算了」。句尾的「な」表示感嘆，意思是「啦」。

3. 「に」表示東西存在場所的助詞。「他動詞て形＋てある」表示動作之後存在的結果，也就是狀態。「ん」為「の」的口語説法，表示説明。「じゃない」為「ではない」的口語説法，意思是「不是」。

還可這麼說

ズボン、洗ってくれた？
褲子幫我洗了嗎？

引き出しにしまってるよ。
放在抽屜裡喔。

どこかに置き忘れたんじゃないの？
是不是忘記放哪了？

家事 家事

母：どうやったらこれだけ散らかせるの？ちゃんと片付けて。

父：勘弁してよ。今テレビがちょうどいいところなんだよ。

母：まったく、たまには家事を手伝ってよ。

父：いつも手伝ってるじゃん。気付かなかっただけだよ。

媽媽：怎麼弄的竟然能亂成這樣？給我好好收拾一下。

爸爸：饒了我吧。現在電視正是好看的時候耶。

媽媽：真是的，偶爾也幫忙一下家事嘛。

爸爸：不是一直有在幫忙嗎。只是沒發現而已。

單字解說

散らかす ⓪ 他動 弄得亂七八糟

片付ける ④ 他動 收拾、整理

手伝う ③ 他動 幫忙

1. 「動詞た形＋たら」表示假定，「どうやったら」意思是「怎麼弄的」。「散らかせる」為「散らかす」的可能形，意思是「能夠弄亂成〜」。

2. 「勘弁してよ」為「勘弁してくださいよ」的省略，意思是「請饒了我吧」。一般口語常會省略後面的「ください」。

3. 「手伝ってる」為「手伝っている」的省略，意思是「一直在幫忙」這個狀態。一般口語常會省略「い」。「じゃん」為「ではない」的口語説法。

還可這麼説

よくこんなに汚せるわね！
竟然能髒成這樣啊！

ごめん、今忙しいの。
對不起，現在很忙。

家のこと、協力しなさいよ。
家裡的事情幫幫忙好嗎。

昼食　午餐
ちゅうしょく

花子：お腹減った。お昼は何にしようかな。

美穂：駅前のイタリアンなんかはどう？けっこう評判だよ。

花子：いいね。ずっと前から食べてみたいと思ってた。

美穂：早く行かないと並んじゃうよ。

花子：肚子餓了。中午要吃什麼好呢。

美穂：車站前面的義大利餐廳之類的如何？評價相當好喔。

花子：好耶。很久以前就一直想吃吃看。

美穂：不趕緊去就得排隊喔。

單字解說

減る [0] 自動 減少、餓
へ

評判 [0] 名 評價
ひょうばん

並ぶ [0] 自動 排隊
なら

1. 完整的說法是「お腹が減った」，一般的口語常會省略助詞「が」。「～にする」表示決定某事物。「しよう」為「する」的意志形，表示個人的意志或打算。「かな」用於自言自語，表示自己的意志或希望。

2. 「なんか」表示舉例。

3. 「動詞ます形＋たい」表示希望，意思是「想～」，「食べてみたい」由「食べてみる＋たい」組成，其中的「みる」為補助動詞，意思是「試著~看看」，所以整句是「想吃看看」。「思ってた」為「思っていた」的口語說法，省略了「い」。

4. 「並んじゃう」為「並んでしまう」的口語說法。「～てしまう」通常帶有遺憾或懊悔的語感。

還可這麼說

お腹空いた。
肚子餓了。

ここの口コミ、けっこういいよ。
這裡的口碑相當好喔。

早く行かないと売り切れちゃうよ。
不趕緊去會賣光喔。

おやつ　點心

父：小腹が空いた。なんか食べるものない？

母：冷蔵庫にチーズケーキがあるわよ。

父：いいね。ついでにコーヒー、入れてくれる？

母：いいわよ。私も一息しようっと。

爸爸：肚子有點餓。有沒有什麼吃的東西？

媽媽：冰箱裡有起士蛋糕喔。

爸爸：好耶。能順便幫我泡個咖啡嗎？

媽媽：好啊。我也喘口氣吧。

單字解說

小腹（こばら）[0] 名詞　小腹

入れる（いれる）[0] 他動　沖泡、倒

一息する（ひといきする）[2] 自動　喘口氣

1. 「〜に〜がある」表示「在〜有〜」的句型。例如「テーブルにパンがある」（在桌上有麵包）。

2. 「ついでに」為副詞，意思是「順便」。「動詞て形＋てくれる」，表示「別人為我做〜事」的意思。

3. 「しよう」為「する」的意志形，表示個人的意志或打算。句尾的「っと」為表示自言自語的助詞。

01 在家裡

還可這麼說

もう3時のおやつの時間だよ。
3點的點心時間已經到囉。

お茶、入れてあげようか？
我來幫你泡茶吧？

私も一緒に休もう。
我也一起休息吧。

帰宅　回家

<ruby>父<rt>ちち</rt></ruby>：ただいま。

<ruby>母<rt>はは</rt></ruby>：お<ruby>帰<rt>かえ</rt></ruby>り。<ruby>今日<rt>きょう</rt></ruby>は<ruby>遅<rt>おそ</rt></ruby>かったね。

<ruby>父<rt>ちち</rt></ruby>：<ruby>帰<rt>かえ</rt></ruby>りに<ruby>人身事故<rt>じんしんじこ</rt></ruby>で<ruby>電車<rt>でんしゃ</rt></ruby>が<ruby>止<rt>と</rt></ruby>まっちゃって、<ruby>1時<rt>いちじ</rt></ruby><ruby>間<rt>かん</rt></ruby>も<ruby>待<rt>ま</rt></ruby>たされたんだよ。

<ruby>母<rt>はは</rt></ruby>：それは<ruby>大変<rt>たいへん</rt></ruby>だったね。お<ruby>疲<rt>つか</rt></ruby>れ。

爸爸：我回來了。

媽媽：你回來啦。今天真晚啊。

爸爸：回家的路上因為人身傷亡事故電車停駛，竟然等了1小時呢。

媽媽：那真糟糕啊。辛苦了。

單字解說

<ruby>遅<rt>おそ</rt></ruby>い ② ⓪ イ形 晚

<ruby>止<rt>と</rt></ruby>まる ⓪ 自動 停止

<ruby>待<rt>ま</rt></ruby>つ ① 他動 等

內容解說

1. 完整的說法是「ただいま帰った」（我現在回來了），通常說成「ただいま」即可。

2. 「ね」帶有促請對方回答的語感，意思是「啊」。

3. 「で」表示原因的助詞，意思是「因為」。「も」表示強調的助詞，可解釋為「竟然」。「待たされる」為「待つ」的使役被動形態，帶有被迫或被害的語感（「待たす」（讓人等，古文說法）＝「待たせる」）。「ん」為「の」的口語說法，表示說明。

還可這麼說

今日は早かったね。
今天真早啊。

今日は早退したんだ。
今天早退了。

帰りに同僚と一杯飲んできたから遅くなった。
回家的路上和同事喝了一杯所以晚了。

夕食 (ゆうしょく) 晩餐

花子(はなこ)：今日(きょう)の晩(ばん)ごはん、何(なに)？

母(はは)　：花子(はなこ)の好(す)きな天(てん)ぷらだよ。

花子(はなこ)：もうできた？おなか、ぺこぺこだから早(はや)く食(た)

　　　　　べたい。

母(はは)　：もう少(すこ)し待(ま)ってね。すぐできるから。

花子：今天的晚餐是什麼？

媽媽：是花子喜歡的天婦羅喔。

花子：已經做好了嗎？肚子餓扁了想快點吃。

媽媽：再等一下喔。就快好了。

單字解說

天(てん)ぷら ⓪ 名 天婦羅

ぺこぺこ ⓪ ナ形 肚子餓

食(た)べる ② 他動 吃

1. 因口語的關係，「晩ごはん」與「何」之間省略了助詞「は」。

2. 「好き」為ナ形容詞，後面接名詞要加「な」。

3. 這裡的「ぺこぺこ」為ナ形容詞，後面若接表示原因的助詞「から」，前面要加「だ」。イ形容詞「早い」修飾後面動詞「食べる」要副詞化，變成「早く」。「動詞ます形＋たい」表示希望，而「食べたい」就是「想吃」的意思。

4. 「から」前面的動詞要接辭書形，表示原因，意思是「因為」。

還可這麼說

今日の晩ごはん、ごちそうだね。
今天的晚餐真豐盛啊。

今日の晩ごはん、鍋にしてくれない？
今天的晚餐能不能幫我做火鍋？

お腹空いた。ごはん、まだ？
肚子餓了。飯還沒好嗎？

寛ぎ　放鬆

父：喉渇いた。ビール飲もうっと。

母：ビールジョッキ、冷蔵庫に冷やしてあるわよ。

父：ありがとう。やっぱり風呂上りのビールは最高だな。

母：飲みすぎないで、ほどほどにね。

爸爸：口真渴。來喝個啤酒。

媽媽：啤酒杯放在冰箱冰好囉。

爸爸：謝謝。果然洗完澡的啤酒最棒了。

媽媽：別喝太多，適可而止喔。

單字解說

渇く ② 自動 渴

飲む ① 他動 喝

冷やす ② 他動 冰鎮、使涼

1. 完整的句子是「喉が渇いた」，因口語的關係，省略了助詞「が」。「飲もう」為「飲む」的意志形，表示「打算喝」的意思。而後面的「っと」則表示自言自語。

2. 「他動詞て形＋てある」表示動作之後存在的結果。而前面的助詞「に」則表示存在的場所。

3. 助詞「な」表示感嘆的語氣，意思是「啦」。

4. 「すぎる」在這裡為補助動詞，表示「過度」的意思，前面的動詞要接ます形，例如「食べすぎる」（吃太多）。「ほどほど」為副詞，表示適量。

還可這麼說

お風呂に入ったらさっぱりした。
洗了澡之後很清爽。

寝る前にワインを一杯飲もうっと。
睡前來喝杯葡萄酒吧。

ごはん食べてから、ゆっくりテレビを見ようっと。
吃完飯之後，來慢慢看個電視吧。

就寝　睡覺

母：携帯ばかり<u>いじって</u>ないで、早く<u>寝なさい</u>。

裕太：わかった。もうすぐ終わる<u>から</u>。

母：早く寝ない<u>と</u>、明日起きられないわよ。

裕太：<u>はいはい</u>、お休み。

媽媽：別光是滑手機，趕快睡覺。

裕太：知道了。就快結束了。

媽媽：不早點睡的話明天會起不來喔。

裕太：好啦好啦，晚安。

單字解說

いじる ② 他動 玩弄

終わる ⓪ 自動 結束

休む ② 自動 休息

内容解説

1. 「動詞ない形＋ないで」表示禁止，意思是「不要～」。「動詞ます形＋なさい」表示溫和的命令句，多用於長輩對晚輩。

2. 「から」前接動詞辭書形，只敘述理由而暗示結果，後項省略，也就是「馬上就要結束，我會趕快睡覺」的意思。

3. 「と」的前面接辭書形，在此表示前後的因果關係。

4. 「はい」重複兩次表示不耐煩的語氣。

還可這麼說

疲れたから、先に寝るよ。
因為我累了先睡囉。

寝る前に食べると、太るよ。
睡前吃東西會胖喔。

いい夢、みてね。
祝你有個好夢。

口語

　　日文在一般的會話中經常會使用口語，口語讓人感覺親切自在，而且不必拘泥小節，正因為不拘小節，因此必須使用在熟悉的對象，否則可就失禮了。若非長輩、身分地位比自己高或初次見面的人，不妨嘗試使用口語來縮短彼此的距離。

　　一般的口語和我們在教科書上學習的日語有幾個明顯的差異，第1個就是「省略」。就省略來説，常省略的有一般語句中的「は」、「が」、「を」或句尾表疑問的「か」（但句尾的語調要上揚）等助詞。在句尾表示方向或時態的「～ていく」、「～ている」、「～ていない」的「い」也可以省略。另外，後半不説也會知道的部分也常會被省略。例如「早（はや）く行（い）かなきゃ（後面省略了「いけない」）」（不早點去不行了）。

　　至於第2個差異，就是「縮約」。常見的如「そうでは（→じゃ）ない」（不是那樣）、「言（い）っておく（→とく）けど」（我先告訴你）、「早（はや）く行（い）かなければ（→きゃ）遅刻（ちこく）してしまう（→ちゃう）よ」（不快點去的話，會遲到喔）、「友達（ともだち）というのは（→って）～」（所謂的朋友～）等等。第3個就像「あの件（けん）だけどさ～」（有關那件事呢～）句中，常用來調整語調或添加感動、餘韻、強調等語意的間投助詞也是特色之一。只要多看點日劇或漫畫，相信很快就能抓到要領喔。

在學校

朝の教室　早上的教室

花子：目やにがついてるよ。寝不足？

麻友：小説を読んでたら、いつの間にか明るくなってて。

花子：夜更かししちゃったのね。

麻友：もし授業中に寝てたら、起こして。

花子：有眼屎喔。沒睡飽？

麻友：小說看著看著，不知不覺就天亮了。

花子：熬夜了吧。

麻友：如果在上課時睡著的話，請叫醒我。

單字解説

目やに ③ 名詞 眼屎

夜更かしする ② ③ 自動 熬夜

起こす ② 他動 叫醒

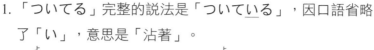

1. 「ついてる」完整的説法是「ついて<u>い</u>る」，因口語省略了「い」，意思是「沾著」。

2. 「<ruby>読<rt>よ</rt></ruby>んでたら」完整的説法是「<ruby>読<rt>よ</rt></ruby>んで<u>い</u>たら」，因口語省略了「い」，意思是「讀著」，「動詞た形＋たら」在此表示「～著，才發現～」。「なってて」完整的説法是「なってい<u>い</u>て」，因口語省略了「い」。

3. 本句為「<ruby>夜更<rt>よふ</rt></ruby>かししてしまった」的口語説法，「動詞て形＋てしまう」表示動作完了，多帶有懊悔的語感。

4. 本句為「<ruby>寝<rt>ね</rt></ruby>ていたら」的口語説法，省略了「い」，意思是「睡著的話」。

還可這麼説

<ruby>髪<rt>かみ</rt></ruby>の<ruby>毛<rt>け</rt></ruby>、<ruby>凄<rt>すご</rt></ruby>くはねてるよ。
頭髮翹得好厲害喔。

<ruby>昨日<rt>きのう</rt></ruby>のドラマ、<ruby>見<rt>み</rt></ruby>た？
昨天的連續劇看了沒？

<ruby>宿題<rt>しゅくだい</rt></ruby>、やってきた？
作業寫了沒？

授業　上課
<ruby>授業<rt>じゅぎょう</rt></ruby>

<ruby>先生<rt>せんせい</rt></ruby>：<ruby>中間<rt>ちゅうかん</rt></ruby>テストを<ruby>返<rt>かえ</rt></ruby>します。

<ruby>花子<rt>はなこ</rt></ruby>：よかった！ギリギリセーフ！

<ruby>麻友<rt>まゆ</rt></ruby>：<ruby>私<rt>わたし</rt></ruby>、<ruby>全然<rt>ぜんぜん</rt></ruby>できてない。<ruby>最悪<rt>さいあく</rt></ruby>！

<ruby>先生<rt>せんせい</rt></ruby>：<ruby>間違<rt>まちが</rt></ruby>えたところは<ruby>必<rt>かなら</rt></ruby>ず<ruby>復習<rt>ふくしゅう</rt></ruby>してくださいね。

老師：發回期中考的考卷。

花子：太好了！勉勉強強過關！

麻友：我完全不行。真糟糕！

老師：錯的地方請一定要複習喔。

單字解說

<ruby>返<rt>かえ</rt></ruby>す ① 他動 發回、歸還

ギリギリ ⓪ 副 勉勉強強、極限

<ruby>間違<rt>まちが</rt></ruby>える ③ ④ 他動 寫錯、弄錯

内容解説

1. 除了「**中間テスト**」（期中考），還有「**期末テスト**」（期末考）、「**小テスト**」（小考）、「**模擬テスト**」（模擬考）等等。

2. 「**セーフ**」來自英語的「safe」，表示安全過關，加上前面的「ギリギリ」就是我們常說的「肚皮擦地而過」。

3. 完整的說法為「**全然できていない**」，因口語省略了「い」。還有「**全然**」後面要接否定，表示全面否定，例如「**全然興味がない**」（完全沒有興趣）。

4. 「**必ず**」為副詞，表示「**一定**」的意思。修飾後面的「**復習してください**」。

還可這麼說

> プリントを配ってください。
> 請把講義發下去。

> よかった！満点だ！
> 太好了！滿分！

> 分らないところは必ず聞いてください。
> 不懂的地方請一定要問。

休み時間　休息時間

裕太：購買へ行くんでしょ？ついでにパンを買って

　　　きてくれる？

剛　：もうおなか減ったの？

裕太：朝食を抜いてきたから。

剛　：買ってきてあげるよ。何パンがいい？

裕太：要去福利社對吧？順便幫我買麵包好嗎？

剛　：肚子已經餓了嗎？

裕太：因為沒吃早餐就來學校。

剛　：幫你買囉。什麼麵包好呢？

單字解說

購買　⓪　名詞　學校的福利社

買う　⓪　他動　買

抜く　⓪　他動　省略

内容解說

1. 助詞「へ」表示動作到達的地點或場所。「買<small>か</small>って<u>くる</u>」的「くる」是用來表示「買<u>回來</u>」的意思。

2. 助詞「の」表示疑問,意思是「嗎」。

3. 「朝食<small>ちょうしょく</small>を抜<small>ぬ</small>いてきた」的「きた」意指沒吃早餐就來學校的意思。「から」用在句尾來補充說明前面的理由或原因。

4. 「動詞て形+てあげる」為表示給(幫)別人做某事的句型。

還可這麼說

何<small>なに</small>かお菓子<small>かし</small>、持<small>も</small>ってる?
有帶什麼餅乾糖果嗎?

ちょっとトイレに行<small>い</small ってくる。
去一下廁所。

ノートを写<small>うつ</small>させてくれる?
筆記能借我抄嗎?

昼休み　午休

花子：今日はお弁当？

美穂：いや、寝坊したから、作る時間がなかった。

　　　今日は学食にする。

花子：私もお弁当じゃないから、一緒に食べに行こ

　　　う。

美穂：何が食べたい？毎日限定の定食がおいしいら

　　　しいよ。

花子：今天（吃）便當？

美穂：不是，因為睡過頭，沒時間做。今天就吃學生餐廳。

花子：我也沒帶便當，所以一起去吃吧。

美穂：妳想吃什麼？聽説每日限量的定食很好吃喔。

單字解説

作る ② 他動 做

学食 ⓪ 名 學生餐廳

限定 ⓪ 名 限量

1. 助詞「から」表示原因，意思是「因為」。「～にする」表示決定某事或某物。

2. 「じゃない」為「ではない」的口語説法。「動詞意量形＋う（よう）」，在此表示邀約。

3. 「動詞ます形＋たい」表示希望，意思是「想～」。「イ形容詞普通形／ナ形容詞語幹／名詞／動詞普通形＋らしい」表示推測，意思是「聽説～、好像～」。

還可這麼説

やっとお昼の時間だ。
終於到了吃午飯的時間。

今日、お弁当持ってきた。
今天，有帶便當來。

お弁当を買いに行くけど、
何か買ってきてあげようか？
我要去買便當，要不要幫你買些什麼回來？

下校　下課

裕太：やっと授業が終わった。今日の授業、めちゃくちゃ長く感じた。

俊博：俺は半分寝てたから、あんまり感じなかったけどね。

裕太：学校の帰りにどこか寄る？

俊博：いや、今日は疲れたから、直接帰る。レポートも全然進んでないし。

裕太：終於下課了。感覺今天上課時間超長的。

俊博：我有一半在睡覺，所以沒什麼感覺耶。

裕太：放學後要順便去哪裡嗎？

俊博：不了，因為今天很累直接回家。再説報告也完全沒進展。

單字解說

長い ② イ形 長

感じる ⓪ 他動 感覺

寄る ⓪ 自動 順便去

内容解説

1. 「めちゃくちゃ」原意是「亂七八糟」，和「超」一樣，可加在語詞前面做修飾，表示「非常～」的意思。例如「めちゃくちゃうるさい」（亂囉嗦的）或「超美人」（超級美人）。

2. 完整的説法為「寝ていた」，因口語省略了「い」。後面的「から」則表示原因，意思是「因為」。「あんまり」為「あまり」的口語。「あまり＋～ない」為「不太～」的句型。例如「あんまりおもしろくない」（不太有趣）。「けど」在此以中途停頓的形式，不直接明確使句子完結，屬含蓄保留，具餘韻的表達方式，或暗示尚有下文。

3. 用在句末的助詞「し」，有暗示後續的判斷或結論，不用説出來，對方也能從上文領會其結果的意思。

還可這麼說

今日の授業はあっという間に終わった。
今天的上課時間一轉眼就結束了。

今日はまっすぐ家に帰る。
今天直接回家。

今日は本屋さんに寄ってから帰る。
今天順便去書店再回家。

部活　社團活動

裕太：朝練が毎日あると大変でしょ？

俊博：もうすぐ県大会だから、練習しなくちゃ。

裕太：学校の代表として頑張ってくれ！

俊博：そんなにプレッシャーをかけないでよ。俺、

こう見えてもプレッシャーに弱いんだから。

裕太：每天有晨練很辛苦吧？

俊博：因為馬上就是縣大會了，不練習的話不行。

裕太：作為學校的代表加油吧！

俊博：不要那樣給我壓力好嗎。別看我這樣，其實很不擅長承
　　　受壓力的。

單字解說

練習する ⓪ 他動 練習

代表 ⓪ 名 代表

プレッシャー ⓪ ② 名 壓力

1. 「から」為表示原因的助詞，前面若接名詞要加「だ」。「～しなくちゃ」為「～しなくては」的口語，後面省略了「いけない」，為表示「不～不行」的句型。

2. 「～として」為表示「作為～、身為～」的助詞。

3. 「動詞て形＋ても」表示逆接，也就是前後不符或矛盾。「に」為表示對象的助詞。

還可這麼說

来週、ほかの学校と試合がある。
下個星期，和其他學校有比賽。

レギュラーになるのに必死だ。
為了成為正式選手很拚命。

ちゃんと応援してくださいね。
請好好為我加油吧。

塾　補習班

花子：今日も塾なの？

由美：うん、もう１科目を増やしたから、週３日に

　　　なったの。

花子：よく頑張ってるね。感心するわ。

由美：成績が全然伸びないから、仕方ないよ。

花子：今天也要上補習班？

由美：嗯，因為又加了一個科目，變成 1 週 3 天。

花子：真是努力啊。佩服耶。

由美：因為成績完全沒進步，沒辦法啦。

單字解說

増やす ② 他動 增加

感心する ⓪ 自動 佩服

伸びる ② 自動 進步

內容解說

1. 「の」為表示疑問的助詞，意思是「嗎」。因前面接名詞「<ruby>塾<rt>じゅく</rt></ruby>」，所以要加「な」。

2. 「から」為表示原因、理由的助詞，意思是「因為」。助詞「に」表示變化的結果。而句尾的「の」則表示斷定，可將語氣變得更溫和，為女性用語。

3. 助詞「わ」表示輕微詠嘆或感動，為女性用語。

4. 「<ruby>全然<rt>ぜんぜん</rt></ruby>」後面接否定，為「完全不～」的句型。例如「<ruby>全然進<rt>ぜんぜんすす</rt></ruby>まない」（完全沒有進展）。助詞「よ」有向對方訴說自己的主張、加強陳述語氣的作用。

還可這麼說

<ruby>塾<rt>じゅく</rt></ruby>に<ruby>通<rt>かよ</rt></ruby>ってるの？
在上補習班嗎？

<ruby>塾代<rt>じゅくだい</rt></ruby>が<ruby>高<rt>たか</rt></ruby>いから、<ruby>頑張<rt>がんば</rt></ruby>らなきゃ。
因為補習費很貴，不加油不行。

<ruby>塾<rt>じゅく</rt></ruby>に<ruby>行<rt>い</rt></ruby>かなくても<ruby>成績<rt>せいせき</rt></ruby>がいい。
即使不去補習班成績也很好。

学校行事　學校活動
がっこうぎょうじ

真美：いよいよ文化祭だね。雨が降らなければいい
まみ　　　　　　ぶんかさい　　　　あめ　ふ
けど。

裕太：真美のクラスの出しものは何？俺のクラスは
ゆうた　　まみ　　　　　　だ　　　　なに　おれ
お化け屋敷。
ば　やしき

真美：うちは演劇、ロミオとジュリエット。
まみ　　　　えんげき

裕太：面白そうだね。見に行くよ。
ゆうた　おもしろ　　　　み　い

真美：終於快到文化祭了。要是不下雨就好了。

裕太：真美班上的演出節目是什麼？我們班是鬼屋。

真美：我們是戲劇，羅密歐與茱麗葉。

裕太：好像很有趣呢。我會去看喔。

單字解說

いよいよ ②副 終於

降る ①自動 下（雨、雪）
ふ

出しもの ③②名 演出節目
だ

內容解說

1. 文化祭為日本中學、高中或大學校內以學生為主體的文化活動節日，會舉辦很多像是戲劇、音樂、舞蹈、展示等活動。「降_ふらなければ」為「降_ふらない」的假定形，意思是「如果沒下雨的話」。「けど」為以中途停頓的形式，不直接明確地讓句子完結，屬含蓄保留具有餘韻的表達方式，暗示尚有下文或欲言又止。
2. 「俺_{おれ}」意思是「我」，只限男性在朋友之間用來自稱。
3. 「うち」為關西方言，意思是「我」。
4. 「見_みに行_いく」當中的「に」，為表示目的的助詞，前面接動詞ます形（名詞化）。

還可這麼說

雨_{あめ}だったら延期_{えんき}だよ。
如果下雨的話就要延期喔。

ジャンケンで負_まけてジュリエットの役_{やく}になった。
猜拳猜輸了，只好演茱麗葉。

今年_{ことし}の文化祭_{ぶんかさい}、すごく楽_{たの}しみ！
今年的文化祭，非常期待！

試験　考試

花子：試験、どうだった？

美穂：まあまあかな。花子は？

花子：とりあえずできそうな問題を解いて、分からないところは全部Aにしたの。

美穂：それだと全部勘じゃん。

花子：考試考得怎樣？

美穂：大致還好吧。花子呢？

花子：反正先解好像會的問題，不知道的地方再全部選 A。

美穂：那樣不就全部靠直覺。

單字解說

まあまあ ③ ① 副 大致還好

解く ① 他動 解答

勘 ⓪ 名 直覺、第六感

内容解説

1. 「かな」表示疑問，用於一般質疑或自問。

2. 「とりあえず」表示「反正、暫且先」的意思。「動詞ます形＋そうだ（助動詞）」表示樣態，為主觀的推測，意思是「好像、看起來」，因為後面接名詞，所以要變成「できそう<u>な</u>」。「～にする」意思是「選擇～、決定～」。

3. 「じゃん」為「ではない」的口語説法。

還可這麼說

まんてん と
満点が取れるかもしれない。
或許能拿到滿分。

た ぶんだいじょう ぶ おも
多分大丈夫だと思う。
我想應該沒問題。

かみだの
神頼みしかないよ。
只能求神保佑囉。

学校の噂　學校的流言

麻友：ねえねえ、小西先輩のこと、聞いた？

花子：何かあったの？何も知らないけど。

麻友：タバコが学校にばれて停学だって。

花子：マジ？信じられない。ふだん真面目な先輩

　　　が！

麻友：喂，小西學長的事情聽説了嗎？

花子：發生什麼事了嗎？我什麼都不知道。

麻友：聽説抽菸被學校發現停學了。

花子：真的假的？真讓人難以相信。平常那麼認真的學長竟然！

單字解說

聞く ⓪ 他動 聽

ばれる ② 自動 暴露、敗露

信じる ③ 他動 相信

内容解說

1. 「か」為表示不確定的助詞。「疑問詞＋～ない」表示全面否定，意思是「完全不～」。

2. 「に」表示動作所及的對象。助詞「って」用在從他處聽來的話，向對方傳達時，也就是引用，相當於「ということだ」。

3. 「マジ」是「真面目」的略語，意思是「認真的、真的、不是開玩笑的」，為年輕人之間的流行語（所以字典查不到）。

02 在學校

還可這麼說

> 焦（じ）らさないで、早（はや）く教（おし）えてよ！
> 別賣關子了，快告訴我吧！

> あなたのことが好（す）きだって。
> 聽說他喜歡妳。

> 本当（ほんとう）に？嘘（うそ）でしょ？
> 真的嗎？騙我的吧？

日本年輕人的流行語

　　讓歐里桑、歐巴桑摸不著頭緒的年輕人流行語，是年輕人們為了享受交談的樂趣或加強集團意識所使用的特別說法。因為完全不考慮文法規則，再加上年輕人腦筋靈活，點子本來就多，這些新創或是原有語彙賦予新意的新語、流行語，不同一掛的乍聽之下還真是讓人一頭霧水。雖說如此，我們還是可從下面大致的特徵與脈絡來一窺究竟喔。

舊語新意	例：寒い（不好笑）、痛い（糟糕到無可救藥）
略語	例：おしゃかわ（「おしゃれでかわいい」的略語，漂亮又可愛）、ジカジョー（「自信過剰」的略語，太過自信）。
名詞＋る動詞化	例：オケる（「カラオケをする」，唱卡拉OK）、スタバる（去星巴克）
接強調的接頭語	例：超～（超～）、ガチ～（真的～）、激～（非常～）、マジ～（真的～）
接固定的接尾語	例：～的（～的）、～系（～系）、～モード（～模式）
調換文字前後的順序	例：ショナイで（「内緒で」，保密）
結合羅馬拼音的字母	例：JK（「女子高生」，女高中生）、KS（「既読スルー」，已讀不回）
由外語直接變換	なう（now），例：渋谷なう（「渋谷にいる」，現在在澀谷之意）

工作

専欄 敬語

依頼する　請託

課長：ちょっとお願いしてもいいですか？

美紀：はい、何でしょうか？

課長：この書類を5部ずつコピーしてください。

美紀：お急ぎでしょうか？手が空き次第、コピーします。

課長：可以拜託妳一下嗎？

美紀：好的，什麼事呢？

課長：請將這些文件各影印 5 份。

美紀：很急嗎？等我一有空就馬上影印。

單字解說

書類 ⓪ 名 文件、資料

コピーする ① 他動 影印

急ぎ ③ ⓪ 名 急、緊急

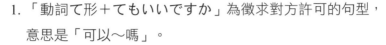

内容解說

1. 「動詞て形＋てもいいですか」為徵求對方許可的句型，意思是「可以～嗎」。

2. 「～ずつ」為接尾語，接在數量詞的後面表示均攤的意思。

3. 「お」的後面接名詞，有尊敬語和美化語的功能，尊敬語用在描述他人相關事物時，如本句的「お急ぎ」，而美化語則無關敬意，只是為了讓單字好聽一些，如「お茶」。
「動詞ます形＋次第」表示「等～就馬上～」的句型，例如「用事が済み次第、帰る」（等事情辦完就馬上回去）。

還可這麼說

> ちょっと手伝っていただけますか？
> 能幫我一下忙嗎？

> この資料を部長に渡してください。
> 請把這個資料交給部長。

> すぐ取りかかります。
> 我馬上開始。

訪問　訪問

山口：10時に青山部長と約束している山口太郎
　　　です。

受付：こちらで少々お待ちください。

青山：大変お待たせ致しました。こちらへどうぞ。

山口：お忙しいところ恐れ入ります。

山口：我是 10 點和青山部長有約的山口太郎。

櫃臺：請在這裡稍待一會兒。

青山：讓您久等了。請往這邊走。

山口：很不好意思，在您正忙的時候打擾了。

單字解說

約束する ⓪ 他動　約定

待つ ① 他動　等待

恐れ入る ② 自動　不好意思、惶恐

内容解説

1. 助詞「に」為表示動作、作用發生的時間。「動詞て形＋ている」表示動作後仍持續的狀態。

2. 「で」為表示場所的助詞。「お」表示尊敬。

3. 「<ruby>待<rt>ま</rt></ruby>たせる」為「<ruby>待<rt>ま</rt></ruby>つ」的使役形，表示讓人等待。「お＋動詞ます形＋<ruby>致<rt>いた</rt></ruby>す（する的謙讓語）」表示自謙，也就是貶低自己，向對方表示尊敬。

4. 「ところ」的意思是「時候」。

還可這麼說

<ruby>青山<rt>あおやま</rt></ruby><ruby>部長<rt>ぶ ちょう</rt></ruby>はいらっしゃいますか？
請問青山部長在嗎？

<ruby>只今<rt>ただいま</rt></ruby>、<ruby>外出中<rt>がいしゅつちゅう</rt></ruby>です。
現在，外出當中。

アポなしでは<ruby>承<rt>うけたまわ</rt></ruby>りかねます。
沒有約定的話沒辦法替您安排。

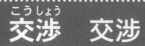

交渉　交渉
_{こうしょう}

山口：この度、<u>担当させていただく</u>山口太郎です。
どうぞよろしくお願いいたします。

青山：こちらこそ、よろしくお願いいたします。

山口：<u>早速ですが</u>、本題に<u>入らせていただきます</u>。
コストのほうはもう少し<u>抑えられない</u>でしょうか？

青山：ご希望に<u>沿える</u>よう努力いたします。

山口：我是承蒙負責這次的山口太郎。請多多指教。

青山：彼此彼此，也請您多多指教。

山口：請允許我免去客套，直接進入正題。成本方面是否能夠再壓低一點？

青山：我會努力按照您的期望。

單字解說

担当する ⓪ 他動　負責、擔任
_{たんとう}

抑える ② ③ 他動　壓低
_{おさ}

沿う ⓪ ① 自動　按照
_そ

1. 「担当させる」為「担当する」的使役動詞,「いただく」為「もらう」的敬語,意思是「承蒙」。
2. 「早速」原意為「立刻、馬上」,「早速ですが」則表示免去客套,立刻進入正題。「入らせる」為「入る」的使役形,表示「讓我進入~」的意思。「抑えられる」為「抑える」的可能形,表示「能夠壓低」的意思。
3. 「沿える」為「沿う」的可能形,表示「能夠按照」的意思。「よう」後面接「努力する」這個意志性動詞時,表示努力希望能達到某個目的。

03
工作

還可這麼說

それは難しいですね。
那很困難耶。

見積もりを出していただけますか？
可以開估價單給我嗎？

会社に持ち帰って検討させてください。
請讓我帶回公司討論。

報告　報告

山口：これは元気出版の最新の見積もりです。

部長：おつかれ。午後の会議で検討するから、返事
はもう少し待って。

山口：分かりました。スケジュールに関しては、予
定通りで構いませんか？

部長：うん、そのままでいいよ。

山口：這是元氣出版最新的估價單。

部長：辛苦了。因為在下午的會議會討論，回覆請再等一會兒。

山口：了解了。有關日程，按照預定沒關係嗎？

部長：嗯，照那樣就可以了。

單字解說

見積もり ⓪ 名 估價單

検討する ⓪ 他動 討論

スケジュール ③ ② 名 日程

1. 助詞「から」表示原因，前面如果接動詞的話要用普通形，意思是「因為」。

2. 「名詞＋に＋関しては」為表示「有關～」的句型。「名詞＋通り（接尾語）」表示「按照～」的意思，例如「希望通り」（按照期望）。「で」表示方法、手段。

3. 「そのまま」為副詞，意思是「照原樣」。

03
工作

還可這麼說

これは元気出版からの請求書です。
這是元氣出版給的請款單。

明日の午前中に企画書を提出してください。
請在明天上午提出企畫書。

これをＥメールで会計に送ってください。
請把這個用電子郵件寄給會計。

会議　會議

司会：全員揃ったようですね。それでは会議を始め
　　　ましょう。

秘書：まず、配布資料を回していただけますか？

司会：皆さん、配布資料をお持ちでしょうか？お手
　　　持ちの資料をご覧ください。

部長：元気出版の見積もりに関して、何かご意見や
　　　ご提案はありますか？

主持人：所有的人似乎都到齊了吧。那麼會議開始吧。

祕書　：首先，能否請大家傳一下分發的資料？

主持人：大家，都拿到分發的資料嗎？請看手上的資料。

部長　：有關元氣出版的估價單，有什麼意見或提議嗎？

單字解說

揃う ② 自動 聚齊

始める ⓪ 他動 開始

回す ⓪ 他動 （依次）傳遞

1. 「動詞常體＋ようだ」表示説話者根據人、事、物的外觀或外在狀態進行觀察所做的判斷，意思是「似乎」。「～ましょう」表示説話者積極邀請或要求對方做某件事。
2. 「いただけます」為「もらえます」更客氣的説法。
3. 若為自古以來的和語，前面接「お」，若是源自中文的漢語，前面就要接「ご」。
4. 「や」為表示列舉的助詞，意思是「或」。

還可這麼說

かい ぎ じゅういち じ 　　　　よ てい
会議は１１時までの予定です。
會議預定到11點為止。

さいしょ　ぎ だい　　　　はじ
それでは最初の議題から始めましょう。
那麼從最初的議題開始。

いま　　　　　　　　　なに　　し つもん
今までのところで何かご質問はありますか？
到目前為止有什麼問題嗎？

残業　加班

課長：報告書はできましたか？

大谷：もう少し時間がかかりそうです。

課長：できれば今日中に提出してほしいんですが……。

大谷：今日残業すれば、間に合うと思います。

課長：報告書好了沒？

大谷：似乎還要花一點時間。

課長：可以的話希望在今天之內提出……。

大谷：今天如果加班的話，我想來得及。

單字解說

かかる ② 自動 花費、需要

提出する ⓪ 他動 提出

残業する ⓪ 自動 加班

内容解說

1. 「動詞ます形＋そうだ」表示主觀推測，意思是「似乎、好像」。
2. 「動詞假定形＋ば」，表示假定的條件，意思是「～的話」。
「動詞て形＋てほしい」表示希望對方做某事的句型。後面的「ん」表示說明。「が」以句中停頓形式，表示客氣、保留或點到為止，以待對方回應，屬含蓄的表達方法。
3. 「～と思う」表示想、認為的內容，意思是「我想～」。

還可這麼說

もうすぐできます。
快好了。

明日の会議で使うので、早く提出してほしい。
因為明天的會議要用，希望早一點提出。

今日中にできるよう頑張ります。
我會加油在今天之內完成。

休暇 休假

大谷：あさっては子供の運動会なので、１日休みを
取りたいです。

課長：構わないよ。有給休暇を殆ど使ってないし。

大谷：周りに迷惑を掛けそうで、なかなか使えなく
て。

課長：そんなことないよ。お互い様だからね。

大谷：因為後天是小孩子的運動會，我想請一天假。

課長：沒關係啦。再說你有薪休假幾乎都沒用。

大谷：感覺會帶給周遭的人麻煩，因此不好意思輕易使用。

課長：沒那回事啦。彼此互相啊。

單字解說

殆ど ２ 副 幾乎

迷惑 １ 名 麻煩

使う ０ 他動 使用

内容解說

1. 助詞「ので」表示原因,意思是「因為」。因前面接名詞,所以要在名詞後面加上「な」。「動詞ます形+たい」為表示希望的句型,意思是「希望〜、想〜」。

2. 「し」用在句末,暗示後續判斷、結論為自明之理,不用說出來,對方就能從上文理會結果。

3. 「に」為表示動作或作用所及的對象。「なかなか+否定」為表示「不易〜、很難」的句型,例如「<u>なかなか</u>うまくでき<u>ない</u>」(很難弄好)。

還可這麼說

土日（ど にち）とくっつけて３連休（さんれんきゅう）にしてもいいですか？
可以和星期六、日合在一起變成3連休嗎？

残（のこ）った有給（ゆうきゅう）を使（つか）いたいです。
我想使用剩下的有薪休假。

体調（たいちょう）が悪（わる）いので、今日（きょう）は休（やす）ませてください。
因為身體不舒服,今天請讓我休息。

給料日　發薪日
きゅうりょう び

大谷：給料日が待ち遠しい。

山口：あと一週間で給料日だから、辛抱するしかないね。

大谷：今の給料じゃ、なかなか贅沢できないね。

山口：確かに。税金、年金、保険を引いたら、手取りが少ないしね。

大谷：發薪日實在是讓人望眼欲穿。

山口：因為再一個星期就是發薪日，只有忍耐了。

大谷：現在的薪水要奢侈實在很難啊。

山口：的確。再説若扣掉税金、年金、保險，實拿的很少啊。

單字解說

待ち遠しい　5　イ形　讓人望眼欲穿、盼望
ま　どお

辛抱する　1　自他動　忍耐
しんぼう

手取り　0 3　名　扣除税金等各種款項的實收額、純收入
て　ど

1. 助詞「で」表示動作、行為所需的時間。「から」表示原因，意思是「因為」，前面若接名詞，要加「だ」。「しか」後面要接否定，意思是「只有」。
2. 「じゃ」為「では」的口語說法。
3. 「動詞た形＋たら」表示條件，意思是「如果～，就～」。「し」用在句末，暗示後續判斷、結論為自明之理，不用說出來，對方就能從上文理會結果。

還可這麼說

やっと給料日だ！
終於是發薪日了！

この給料じゃ、やっていけないよ。
這薪水實在很難撐下去啊。

ボーナスでテレビを買う予定なんだ。
預定用年終獎金買電視。

面接　面試
めんせつ

面接官：弊社を希望した動機を教えてください。
めんせつかん　へいしゃ　きぼう　どうき　おし

佐藤　：御社の仕事内容に興味があるからです。
さとう　　おんしゃ　しごとないよう　きょうみ

面接官：あなたの長所は何ですか？
めんせつかん　　　　　ちょうしょ　なん

佐藤　：コミュニケーションに長けているところだ
さとう　　　　　　　　　　　　　た

　　　　と思います。
　　　　おも

考官：請告訴我希望進敝公司的動機。

佐藤：因為我對貴公司的工作內容有興趣。

考官：你的長處是什麼？

佐藤：我認為是擅長溝通。

單字解說

希望する ⓪ 他動 希望
きぼう

コミュニケーション ④ 名 溝通

長ける ② 自動 擅長
た

内容解説

1. 「**弊社**<ruby>弊社<rt>へいしゃ</rt></ruby>」為謙稱自己的公司。
2. 「**御社**<ruby>御社<rt>おんしゃ</rt></ruby>」為尊稱對方的公司，還可説成「**貴社**<ruby>貴社<rt>きしゃ</rt></ruby>」。「に」表示對象的助詞，意思是「對〜」。「から」表示原因、理由，前面要接常體（普通形）。
3. 「に」表示對象的助詞，意思是「對〜」。「〜と**思**<ruby>思<rt>おも</rt></ruby>う」表示認為、想的內容。

還可這麼說

社風<ruby>社風<rt>しゃふう</rt></ruby>に惹<ruby>惹<rt>ひ</rt></ruby>かれました。
被社風所吸引。

入社後<ruby>入社後<rt>にゅうしゃご</rt></ruby>、どういう仕事<ruby>仕事<rt>しごと</rt></ruby>がしたいですか？
進公司後，想從事怎樣的工作？

語学力<ruby>語学力<rt>ごがくりょく</rt></ruby>を生<ruby>生<rt>い</rt></ruby>かせる仕事<ruby>仕事<rt>しごと</rt></ruby>がしたいです。
想做可以活用語言能力的工作。

電話を掛ける　打電話

山本：元気出版の山本聡と申しますが、木下部長は

いらっしゃいますか？

木下：いつもお世話になっております。木下です。

山本：お忙しいところ申し訳ございません。少々ご

相談したいことがあるんですが……。

木下：どのようなご用件ですか？

山本：我是元氣出版的山本聰，請問木下部長在嗎？

木下：一直承蒙照顧。我是木下。

山本：不好意思百忙當中打擾了。我有一點事情想要商量……。

木下：怎樣的事情呢？

單字解說

世話 ②名 幫助、照顧

相談する ⓪他動 商量

用件 ③名 要緊的事情

1. 「申す」為「言う」的謙讓語，表示尊敬。「と」後面接「言う」則表示名稱的內容，意思是「叫～」。「いらっしゃる」為「いる」的尊敬語，表示尊敬。

2. 「世話になる」意思是「受人照顧」，前面加「お」表示尊敬。「おる」為「いる」的謙讓語，表示尊敬。

3. 「ご＋サ變動詞語幹＋する」為サ變動詞的謙讓語，表示尊敬。「動詞ます形＋たい」則表示希望。「が」以句中停頓形式，表示客氣、保留或點到為止，以待對方回應，屬含蓄的表達方法。

還可這麼說

木下さんのお宅ですか？
請問是木下先生的家嗎？

少々お話してもよろしいですか？
能夠談一下嗎？

今、お時間はよろしいですか？
現在，時間方便嗎？

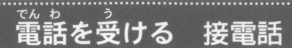

電話を受ける　接電話

受付：元気出版でございます。

山下：東洋印刷の山下義男ですが、阿部さんはいらっしゃいますか？

受付：只今阿部におつなぎしますので、少々お待ちください。

阿部：お電話代わりました。阿部です。

櫃臺：這裡是元氣出版。

山下：我是東洋印刷的山下義男，請問阿部先生在嗎？

櫃臺：現在我就把電話轉接給阿部，所以請您稍候。

阿部：電話轉給我了。我是阿部。

單字解說

つなぐ ⓪ 他動 接上、連上

少々 ① 副 有點、稍微

代わる ⓪ 自動 交替

内容解說

1. 「でござる」為「である」的謙讓語，表示尊敬。
2. 「に」為表示對象的助詞。「お＋動詞ます形＋します」
   為向對方表示敬意的謙讓語。「ので」為表示理由、原因
   的助詞，意思是「因為」。
3. 「お」有敬語和美化語的功能，在此表示敬語。

還可這麼說

すみません、どちら様でしょうか？
不好意思，請問您是哪一位？

阿部は只今外出しておりますが、
ご伝言を承りましょうか？
阿部現在外出中，請問要留言嗎？

阿部の携帯にかけていただけますか？
能請您打到阿部的手機嗎？

03 工作

敬語

　　日語是個重視長幼尊卑與親疏遠近的語言，再加上日本人對語言本來就纖細敏感，所以不同的對象、不同的場合，遣詞用句也就不一樣。對於必須尊重的長輩、上司、客戶等對象，就要用到貶低自己表示謙讓，或提高對方身分、地位以表示尊敬的敬語說法。

　　日語的敬語可細分為三類。一個是使用動詞尊敬的表達方式，提高對方身分地位來表示敬意的「尊敬語」。常見的用法如下。

お＋動詞ます形＋になります	例：お出かけになります。（出門。）
ご＋サ變動詞語幹＋になります	例：ご利用になりますか。（要用嗎？）
動詞ない形＋れます・られます	例：読まれます（讀）、替えられます（換）
特殊尊敬語動詞	例：召し上がります（吃）、いらっしゃいます（去、來、在）

　　第二類為藉由自謙的方式描述自己行為動作，來向對方和話題人物表達敬意的「謙讓語」。

お＋動詞ます形＋します（いたします）	例：お願いします。（拜託您。）
ご＋サ變動詞語幹＋します（いたします）	例：ご連絡します。（聯絡您。）
特殊謙讓語動詞	例：申します（敝稱）

　　最後一類，就是說話者對聽話者表示客氣，以及自身修養的「丁寧體」，這也是最常接觸的「です」、「ます」體。乍看之下，敬語似乎有點難度，但只要多看多聽多練習，很快就能上手喔。

飲食

予約　預約

客：来週の土曜日のお昼に予約したいんですが……。

受付：何名様でしょうか？

客：4人です。大人2人と子供2人です。

受付：4名様ですね。お時間は何時にいたしますか？

客人：我想預約下星期六的中午……。

櫃臺：請問幾位？

客人：4個人。2個大人和2個小孩。

櫃臺：4位是嗎。請問時間要安排幾點呢？

單字解說

予約する ⓪ 他動 預約

大人 ⓪ 名 大人

子供 ⓪ 名 小孩

1. 「お昼」可以解釋為「中午」，也可以解釋為「午餐」，前面的「お」為美化語。「動詞ます形＋たい」為表示希望的句型，意思是「我想～」。「ん」為「の」的口語說法，表示說明。
2. 注意「4人」、「4名」的說法，單位不同，數字的說法有時也會不一樣。
3. 「～にいたす」為「～にする」的敬語說法。

04
飲食

還可這麼說

明日の午後6時に予約したいんですが……。
我想預約明天下午6點……。

お名前をいただけますか？
能請教您的大名嗎？

恐れ入りますが、明日の予約はすでに一杯になっております。
很不好意思，明天的預約已經滿了。

注文 點菜

客　：すみません、注文してもいいですか？

店員：はい、かしこまりました。

客　：ステーキセットのデザート付きでお願いします。

店員：ステーキの焼き加減はいかがなさいますか？

客人：不好意思，可以點菜嗎？

店員：好的，我知道了。

客人：麻煩你，我要牛排套餐附甜點。

店員：您的牛排要幾分熟呢？

單字解說

注文する ⓪ 他動 點菜

セット ① 名 套餐（英：set）

焼く ⓪ 他動 烤

内容解說

1. 「すみません」除了「對不起」，還有「不好意思、打擾一下」等意思。「動詞て形＋てもいいですか」為徵求許可的句型，意思是「我可以～嗎」。
2. 「かしこまる」為「承知する」的謙讓語。
3. 「付き」為接尾語，前面接名詞，表示「附～」的意思，例如「ドリンク付き」（附飲料）。
4. 「加減」為接尾語，前面接動詞ます形或名詞，表示「～的程度」，例如「湯加減」（洗澡水的熱度）。「なさる」為「する」的尊敬語，後面接「ます」時，要變成「なさいます」。

還可這麼說

注文、お願いします。
麻煩你，我要點菜。

今日のおすすめは何ですか？
今日的推薦是什麼？

スープはよろしいですか？
您不要湯嗎？

追加　追加
<ruby>追加<rt>ついか</rt></ruby>

<ruby>客<rt>きゃく</rt></ruby>：<ruby>追加<rt>ついか</rt></ruby>をお<ruby>願<rt>ねが</rt></ruby>いしたいんですけど、メニューを
　　もう<ruby>一度<rt>いちど</rt></ruby><ruby>見<rt>み</rt></ruby>せていただけますか？

<ruby>店員<rt>てんいん</rt></ruby>：どうぞ、メニューでございます。

<ruby>客<rt>きゃく</rt></ruby>：まぐろをさび<ruby>抜<rt>ぬ</rt></ruby>きで１つとホタテを２つくだ
　　さい。

<ruby>店員<rt>てんいん</rt></ruby>：ホタテもさび<ruby>抜<rt>ぬ</rt></ruby>きでよろしいですか？

客人：麻煩你，我想要追加，可以再讓我看一次菜單嗎？
店員：這是菜單。
客人：1 個鮪魚不加芥末和 2 個干貝。
店員：干貝也是不加芥末嗎？

單字解說

<ruby>追加<rt>ついか</rt></ruby> ⓪ 名 追加

メニュー ① 名 菜單（英：menu）

<ruby>見<rt>み</rt></ruby>せる ② 他動 給～看

內容解說

1. 「お＋動詞ます形＋する」為謙讓語，表示尊敬。「ん」為「の」的口語說法，表示說明。「けど」為接續助詞，表示前項引出後項的主題，具有補足說明的性質。

2. 「さび」為「わさび」（芥末）的俗稱，「〜抜き」為接尾語，表示「不要〜」。

3. 「で」為表示狀態的助詞。

還可這麼說

すみません、メニューをください。
不好意思，請給我菜單。

コーラを氷抜きでお願いします。
麻煩可樂去冰。

すみませんが、空いたお皿を下げてもらえますか？
不好意思，可以幫我把空盤收走嗎？

04 飲食

催促　催促

客 ：注文した塩ラーメンがまだ来ないんです

けど……。

店員：大変申し訳ございません。すぐに<u>確認いたし</u>

<u>ます</u>。

客 ：もしまだ<u>作って</u>ないなら、キャンセルしても

いいですか。

店員：大変お待たせいたしました。塩ラーメンで

す。

客人：我點的鹽味拉麵還沒來……。

店員：非常抱歉。我馬上確認。

客人：如果還沒做的話，可以取消嗎？

店員：讓您久等了。您的鹽味拉麵。

單字解說

確認する [0] 他動 確認

作る [2] 他動 做

キャンセルする [1] 他動 取消（英：cancel）

内容解說

1. 「けど」為「が」的口語說法，以句中停頓方式表示客氣、保留或點到為止，以待對方的回應。
2. 「確認いたす」為「確認する」的謙讓語，表示尊敬。
3. 完整的說法為「作っていない」，口語可省略「い」。「なら」表示條件，前面接常體，意思是「～的話」。
4. 「待たせる」為「待つ」的使役動詞，意思是「讓～等」。

還可這麼說

私の注文を忘れてないですか。
我點的，是不是被忘了？

どうしてこんなに時間がかかるんですか？
為什麼會花這麼久的時間？

どうなっているか確認して参ります。
我去確認現在怎麼了。

苦情　抱怨
くじょう

客_{きゃく}　：スープの中_{なか}に髪_{かみ}の毛_けが入_{はい}ってるんです

　　　けど……。

店員_{てんいん}：大変_{たいへん}申_{もう}し訳_{わけ}ございません。すぐ新_{あたら}しいものと

　　　交換_{こうかん}いたします。

客_{きゃく}　：もういいです。

店員_{てんいん}：お詫_わびに、食後_{しょくご}のデザートをサービスさせて

　　　いただきます。

客人：湯裡面有頭髮……。

店員：非常抱歉。馬上替您換新的。

客人：不用了。

店員：請讓我們招待您飯後的點心表示歉意。

單字解說

スープ ① 名 湯（英：soup）

交換_{こうかん}する ⓪ 他動 交換

サービスする ① 自動 招待、服務（英：service）

1. 助詞「に」表示事物存在的場所、位置。「自動詞て形＋
   ている」表示某個動作發生後，這個動作一直持續的狀態。
2. 「いいです」有兩種意思，一個是「好的」，一個是「不
   要了」，可按照前後的語意來判斷。
3. 「に」表示動作的目的。

04
飲
食

還可這麼說

コーヒーがぬるいんですけど……。
咖啡不熱……。

肉に火が通ってないんですけど……。
肉沒熟……。

こちらのミスなので、お代は結構です。
因為是我們的失誤，所以不收費。

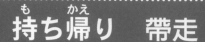

持ち帰り　帶走

店員：店内_{てんない}でお召_めし上_あがりですか？

客_{きゃく}：いいえ、持_もち帰_{かえ}りで。

店員_{てんいん}：お持_もち歩_{ある}きの時間_{じかん}はどのくらいでしょうか？

客_{きゃく}：1時間_{いちじかん}です。保冷剤_{ほれいざい}をください。

店員：內用嗎？

客人：不，帶走。

店員：帶著走的時間大概多久呢？

客人：1小時。請給我保冷劑。

單字解說

店内_{てんない} ① 名 店內

持ち歩き_{もある} ⓪ 名 在外面帶著走

保冷剤_{ほれいざい} ⓪ 名 保冷劑

1. 「で」為表示場所的助詞。「召し上がり」為「召し上がる」的名詞形,「召し上がる」為「食べる」的尊敬語。

2. 「持ち歩き」為「持ち歩く」的名詞形,前面的「お」則表示尊敬。在日本,賣蛋糕的店家都會這麼問,來調整保冷劑或「ドライアイス」(乾冰)的量。「どのくらい」也可以説成「どのぐらい」,意思是「大概多久」。

3. 「名詞+を+ください」為表示「請給我〜」,例如「お茶をください」(請給我茶)。

04
飲食

還可這麼說

これは食べきれませんでした。
這個吃不完。

持ち帰りにしてもらえますか?
可以幫我打包嗎?

持ち帰りの袋をいただけますか?
可以給我帶走的袋子嗎?

勘定　結帳
かんじょう

客：お会計お願いします。
きゃく　かいけい　ねが

店員：お会計はご一緒でよろしいですか？
てんいん　かいけい　いっしょ

客：はい。一緒でお願いします。
きゃく　いっしょ　ねが

店員：お支払い方法はいかがなさいますか？
てんいん　しはら　ほうほう

客人：麻煩結帳。

店員：一起結帳好嗎？

客人：好的。麻煩一起。

店員：請問要用什麼付費方式呢？

單字解說

会計 ⓪ 名 結帳
かいけい

一緒 ⓪ 名 一起
いっしょ

支払い方法 ⑤ 名 付費方式
しはら　ほうほう

1. 「お＋動詞ます形＋します」為謙讓語，表示尊敬。例如「お持<ruby>持<rt>も</rt></ruby>ちします」（替您拿）。

2. 「会計<ruby>会計<rt>かいけい</rt></ruby>」因為是固有和語，所以前面接「お」，「一緒<ruby>一緒<rt>いっしょ</rt></ruby>」為受中文影響的漢語，所以前面接「ご」，兩者在此都是表示尊敬。

3. 表示用某方式來拜託人，所以前面用「で」。

4. 「なさる」為「する」的尊敬語，表示尊敬。

還可這麼說

<ruby>会計<rt>かいけい</rt></ruby>は<ruby>別々<rt>べつべつ</rt></ruby>で<ruby>お願<rt>ねが</rt></ruby>いします。
麻煩分開結帳。

カードで<ruby>お願<rt>ねが</rt></ruby>いします。
麻煩刷卡。

<ruby>領収書<rt>りょうしゅうしょ</rt></ruby>をください。
請給我收據。

食事会　聚餐

花子：久しぶりにみんな集まったね。とりあえず乾杯しよう。

美穂：私たちの青春に乾杯！

花子：今日は食べ放題だから、思う存分食べよう。

恵美：もちろん、そのために昼食を抜いてきたんだから。

花子：好久大家沒聚了呢。先乾杯吧。

美穂：為我們的青春乾杯！

花子：因為今天是吃到飽，所以盡量吃吧。

恵美：當然，為此我還省掉午餐呢。

單字解說

集まる ③ 自動 聚

乾杯する ⓪ 自動 乾杯

抜く ⓪ 他動 省掉

1. 「ぶり」可當接尾詞，前面接表示時間的語詞，表示「經過～好不容易才～」，例如「１０年<ruby>じゅう<rt>じゅう</rt></ruby>ぶりに<ruby>会<rt>あ</rt></ruby>った」（經過 10 年好不容易才見面）。「動詞意志形＋（よ）う」表示邀請或提議，例如「<ruby>明日<rt>あした</rt></ruby><ruby>会<rt>あ</rt></ruby>おう」（明天見面吧）。

2. 「に」表示動作目的的助詞。

3. 「<ruby>放題<rt>ほうだい</rt></ruby>」為接尾語，前面接動詞ます形，表示「無限制地～、自由地～」。例如「<ruby>飲<rt>の</rt></ruby>み<ruby>放題<rt>ほうだい</rt></ruby>」（喝到飽）。「動詞意志形＋う（よう）」可表示邀約。

4. 「ん」為「の」的口語，表示説明。「から」放在句尾，用來補充説明原因或理由。

還可這麼說

<ruby>１年<rt>いちねん</rt></ruby>ぶりの<ruby>飲<rt>の</rt></ruby>み<ruby>会<rt>かい</rt></ruby>ですね。
時隔1年的酒聚呢。

<ruby>私<rt>わたし</rt></ruby>たちの<ruby>再会<rt>さいかい</rt></ruby>に<ruby>乾杯<rt>かんぱい</rt></ruby>！
為我們的再會乾杯！

<ruby>飲<rt>の</rt></ruby>み<ruby>放題<rt>ほうだい</rt></ruby>だから、<ruby>遠慮<rt>えんりょ</rt></ruby>なく<ruby>飲<rt>の</rt></ruby>みましょう。
因為是喝到飽，所以別客氣盡量喝吧。

04
飲食

居酒屋で　在居酒屋

店員：こちらは本日の<u>お通し</u>になります。<u>ご注文</u>は
　　　もう<u>お決まり</u>ですか？

客　：とりあえず<u>熱燗</u>を１本と生ビールをください。

店員：<u>お猪口</u>は２つでいいですか？

客　：１つでいいです。

店員：這是今天的小菜。已經決定點菜了嗎？

客人：請先給我熱酒１瓶和生啤酒。

店員：請問酒杯２個好嗎？

客人：１個就好了。

單字解說

お通し 〔0〕 名 下酒的小菜

熱燗 〔0〕 名 熱酒

猪口 〔1〕 名 小酒杯

1. 「お通し」是日本居酒屋一種不點自來的小菜（須付費），
又稱「お突き出し」，是給客人在料理來之前的下酒菜，
即使不想要，也最好入境隨俗，就當作是給店家的小費吧。
「注文」為受中文影響的漢語，所以前面接「ご」，「決
まり」因為是固有和語，所以前面接「お」，兩者在此都
是表示尊敬。

2. 「とりあえず」的意思是「暫且先」。在日本的居酒屋習
慣位子坐定後，店員就會先問你要喝什麼，等酒上來之後，
再慢慢點菜，所以會說「とりあえず」。

3. 「で」表示數量。

還可這麼說

まずはレモンサワーをください。
請先給我檸檬沙瓦（燒酒加汽水）。

生ビールの大でお願いします。
麻煩你，我要大杯的生啤酒。

焼酎は水割りにしてください。
燒酒請兌水。

カフェで　在咖啡店

客　：パンケーキを２つ、飲み物付きでお願いします。

店員：飲み物はいかがなさいますか？

客　：２つともアイスティーでお願いします。

店員：アイスティーはレモンとミルクがございますが、どちらになさいますか？

客人：麻煩你，我要 2 個鬆餅，附飲料。

店員：請問飲料要什麼？

客人：麻煩 2 個都是冰紅茶。

店員：冰紅茶有檸檬和牛奶，請問要選哪個？

單字解說

パンケーキ ③ 名 鬆餅

飲み物 ③ ② 名 飲料

アイスティー ③ ④ 名 冰紅茶（英：ice tea）

1. 「付き」為接尾語，前面接名詞，表示「附～」的意思，例如「サラダ付き」（附沙拉）。

2. 「なさる」為「する」的尊敬語，要注意的是「なさる」接「ます」時要變成「なさいます」。

3. 「とも」為接尾語，接表示複數的名詞，意思是「全部、都是」。

4. 「ござる」為「ある」的謙讓語，表示尊敬。「～になさいます」為「～にします」的敬語説法，「に」為表示對象的助詞。

還可這麼説

パンケーキとドリンクのセットを2つください。
請給我2份鬆餅和飲料的套餐。

飲み物はこちらの中からお1つ、
お選びください。
飲料請從這裡當中選一個。

コーヒーに砂糖とミルクは入れますか？
咖啡裡要放糖和牛奶嗎？

焼肉店で　在燒肉店
やきにくてん

客 （きゃく）：特上（とくじょう）カルビとリブロースを 1 つずつ（ひと）ください。

店員 （てんいん）：塩（しお）とたれがございますが、どちらになさいますか？

客 （きゃく）：どっちがさっぱりめですか？

店員 （てんいん）：それでしたら、塩（しお）がおすすめです。

客人：請給我特級牛五花和牛肋條各一份。

店員：有鹽味和烤肉醬，您要哪一種？

客人：哪一個比較清淡呢？

店員：那樣的話，建議您鹽味。

單字解說

カルビ ① 名 牛五花

リブロース ③ 名 牛肋條

さっぱり ③ 副 清淡

1. 除了「<ruby>特上<rt>とくじょう</rt></ruby>」，牛肉、鰻魚等料理的等級還有「<ruby>上<rt>じょう</rt></ruby>」（高級）、「<ruby>並<rt>なみ</rt></ruby>」（普通）等級別。「ずつ」接在數量詞的後面，表示「各〜」的意思。

2. 在日式燒肉店最常見的是「<ruby>塩<rt>しお</rt></ruby>」和「たれ」，此外，「<ruby>葱塩<rt>ねぎしお</rt></ruby>」（鹽蔥醬）和「<ruby>味噌<rt>みそ</rt></ruby>」（味噌）也很普遍，都是值得一試的好滋味。

3. 「どっち」為「どちら」的口語說法。「め」為接尾詞，表示「稍微〜一點」，前面若接イ形容詞，要去「い」，例如「<ruby>多め<rt>おお</rt></ruby>」（稍微多一點）。

04
飲食

還可這麼說

<ruby>牛肉以外<rt>ぎゅうにくいがい</rt></ruby>のメニューはありますか？
請問有牛肉以外的菜單嗎？

これは<ruby>和牛<rt>わぎゅう</rt></ruby>ですか？
這是日本國產牛嗎？

おすすめはどれですか？
請問推薦哪一個？

日本料理的吃法和禮儀

「和食」向來深受國人的喜愛，若能熟知正確的吃法與基本禮儀，不僅能夠享受到食物真正的美味，更不會觸犯禁忌，貽笑大方。

例如像旅館提供的會席料理，常會讓大家不知從何下手，其實只要掌握從最靠近自己的菜餚下筷，先用左邊，再用右邊那一道，然後中間，最後再享用離自己最遠的幾道菜即可。至於如何享用才能吃出食物真滋味呢？像生魚片或握壽司，得從口味清淡的白肉魚開始，接下來就是貝類、紅肉魚等，濃郁的如海膽便得留在後面，最後再以玉子燒來清口收尾。還有國人吃生魚片時，常把大量的芥末拌在醬油裡，正確的吃法是將芥末放在生魚片上，再沾醬油食用，這樣才能吃出芥末和生魚片原有的滋味。

俗語說：「入境隨俗」，特別是準備前往日本大啖和食的朋友，不妨留意一下當地用餐的禮儀，才能吃得自在更不會破壞形象。日本人很重視筷子的用法，因此有關筷子的禁忌也不少，像是「迷い箸」（不知道夾哪個好，筷子在盤上動來動去）、「ねぶり箸」（舔筷子）、「刺し箸」（用筷子插食物）、「渡し箸」（用餐中將筷子橫放在餐具上）、「寄せ箸」（用筷子移動餐具）等等，這些都不符合禮儀。另外，除非是很大、很重的餐具，一般的飯碗、湯碗、小缽、小盤、小碟子都可以拿起來吃，而不是移動身體將嘴巴貼近食器。最後在吃飽喝足之餘，別忘了雙手合掌說聲「ごちそうさまでした」（謝謝款待），這可是日本用餐禮儀基本的基本喔。

購物

專欄 要在日本血拼就要選對時機

売り場を探す　尋找賣場

花子：ずいぶん大きいショッピングモールだね。

麻友：４００以上の店舗が入ってるんだって。

花子：まずはサービスカウンターでフロアーガイド

　　　をもらおう。

麻友：そうだね、広すぎて迷子になりそう。

花子：購物中心還真大呢。

麻友：聽說有 400 間以上的店舖喔。

花子：先到服務臺拿樓層介紹吧。

麻友：對啊，太大了感覺會迷路。

單字解說

ずいぶん ① 副 相當（表示事物的程度）

てんぽ
店舗 ① 名 店鋪

サービスカウンター ⑤ 名 服務臺

内容解說

1. 助詞「ね」表示輕微的詠嘆。
2. 「って」表示引用，意思是「聽說」。
3. 「で」為表示動作所在的助詞。「もらおう」為「もらう」的意志形，表示提議或邀請。
4. 「～すぎる」為補助動詞，表示「過度、過分～」的意思，前面若是イ形容詞，要去「い」，若是動詞，就得變成動詞ます形，例如「食べすぎる」（吃太多）。「そう（だ）」的前面若接動詞ます形，便表示樣態，意思是「感覺、似乎」。

還可這麼說

まずはどこに行こうか？
首先去哪呢？

先に靴が見たいです。
想先看鞋子。

紳士服売り場はどこですか？
男裝賣場在哪？

商品を探す　尋找商品

店員：何かお探しでしょうか？

花子：コートがほしいんですけど、おすすめはありますか？

店員：こちらのコートはいかがですか？今シーズンのはやりですよ。

花子：この素材って何ですか？

店員：請問在找什麼呢？

花子：我想要外套，有推薦的嗎？

店員：這邊的外套如何？是本季的流行喔。

花子：這是什麼的材質呢？

單字解說

コート ① 名 外套（英：coat）

はやり ③ 名 流行

素材 ⓪ 名 材質

内容解説

1. 「お探し」的「お」為敬語，表示尊敬。

2. 「ん」為「の」的口語説法，表示説明。「けど」為「が」的口語説法，表示前面的主題，也就是開場白，後面則為説明。「おすすめ」的「お」原為敬語，但現已名詞化，「おすすめ」要連在一起説，不可拆開。

3. 句尾的「よ」為向對方提點，引起對方的注意，意思是「喔」。

還可這麼説

見てるだけです。
我只是看看。

これと違う色はありますか？
有和這個不同的顏色嗎？

コットンのほうがいいです。
棉質的比較好。

接客トーク　接待客人的對話

店員：いらっしゃいませ。どうぞご覧ください。

花子：このパンフレットのスーツを探してるんです
けど、どこに置いてありますか？

店員：こちらへどうぞ。ご希望のサイズがありまし
たら、お出しいたします。

花子：試着してもいいですか？

店員：歡迎光臨。請慢慢看。

花子：我在找這個型錄的套裝，請問放在哪裡？

店員：請往這邊。如果有想要的尺寸，我會幫您拿出來。

花子：可以試穿嗎？

單字解說

パンフレット ① ④ 名 型錄、簡章（英：pamphlet）

希望 ⓪ 名 期望

試着する ⓪ 他動 試穿

内容解說

1. 「ご覧ください」為「見てください」的尊敬語說法，表示尊敬。

2. 「探してる」完整的說法是「探している」之間省略了「い」，為口語說法。後面的「ん」為「の」的口語說法，表示說明。「に」表示放置場所的助詞。「てある」前面接「置く」等他動詞，表示動作後存在的結果。

3. 「お＋出し＋いたします」為「出す」的謙讓語，表示尊敬。

4. 「動詞て形＋てもいいですか」為徵求許可的句型，意思是「我可以～嗎」。

還可這麼說

何かございましたら、お声を掛けてください。
如果有什麼事情，請叫我。

ご試着なさいますか？
您要試穿嗎？

試着室への持ち込みは2点までとなっております。
請最多帶2件進試衣間。

服を買う　買衣服

花子：夏らしいワンピースがほしいな。

恵美：買ったらいいじゃん。今ちょうどバーゲン中
だし、結構安くなってると思うよ。

花子：私、センスがないから、買い物付き合って
くれる？

恵美：いいよ。まずは今年はやりの花柄をチェック
してみよう。

花子：真想要件夏天風味的洋裝啊。

恵美：買不就好了。再説現在剛好是拍賣中，我想會變得相當
便宜喔。

花子：因為我沒品味，能不能陪我買東西？

恵美：好啊。首先看看今年流行的碎花紋吧。

單字解說

バーゲン ① 名 拍賣（英：bargain）

センス ① 名 品味（英：sense）

付き合う ③ 自動 陪

內容解說

1. 「らしい」為接尾語，前面接名詞，意思是「像～似的」，例如「<ruby>学生<rt>がくせい</rt></ruby>らしい」（像學生似的）。「な」表示向對方尋求共鳴的助詞，意思是「啊」。
2. 「じゃん」為「ではない」的口語說法，意思是「不就～」。
3. 「から」為表示原因、理由的助詞，意思是「因為」。
4. 「動詞て形＋てみる」表示「試試看～」。後面的「よう」則表示意志，有邀約的意思。

還可這麼說

<ruby>今<rt>いま</rt></ruby>はやりのワイドパンツを<ruby>買<rt>か</rt></ruby>いたい。
我想買現在流行的寬褲裙。

<ruby>合<rt>あ</rt></ruby>うかどうか<ruby>見<rt>み</rt></ruby>てくれない？
能不能幫我看看合不合適？

タートルネックは<ruby>今年<rt>ことし</rt></ruby>のトレンドらしいよ。
高領好像是今年流行的趨勢喔。

試着　試穿
_{し ちゃく}

店員：サイズはいかがですか？
_{てんいん}

花子：私には小さすぎです。ウエストがきついで
_{はな こ}_{わたし}_{ちい}
　　　す。

店員：1つ上のサイズを穿いてみますか？
_{てんいん}_{ひと}_{うえ}_は

花子：お願いします。あと、色違いはありますか？
_{はな こ}_{ねが}_{いろちが}

店員：尺寸如何？

花子：對我來説太小了。腰部很緊。

店員：要不要穿穿看大 1 號的？

花子：麻煩你。還有，有不同顏色的嗎？

單字解說

サイズ ① 名 大小、尺寸（英：size）

きつい ② イ形 緊

穿く ⓪ 他動 穿（用在下半身的裙子或褲子等衣物）
_は

内容解說

1. 「に」表示動作、作用所及的對象，意思是「對我來説」，「は」則用來加強語氣。

2. 「穿^はく」用在穿下半身的衣物，穿鞋子則要用「履^はく」，穿上半身的衣服就用「着^きる」。「動詞て形＋てみる」表示「試試看～」。

還可這麼說

胸辺^{むねあた}りがゆるいです。
胸部附近很鬆。

ワンサイズ小^{ちい}さいのはありますか？
有小1號的嗎？

もう少^{すこ}し地味^{じみ}なほうがいいです。
再樸素一點的會比較好。

靴を買う　買鞋子
（くつ）（か）

恵美：高いヒールだと足が長く見えるね。

花子：でも、歩くのが大変そう。特に爪先のとんがってるやつ。

恵美：おしゃれなハイヒールより、楽なスニーカーのほうがいいでしょ。

花子：当然、自分の足を酷使してどうするの？

惠美：高跟鞋的話，腳看起來會很長耶。

花子：但是，感覺走起來會很辛苦。特別是腳尖很尖的鞋子。

惠美：比起時髦的高跟鞋，輕鬆的休閒鞋比較好吧。

花子：當然，幹嘛虐待自己的腳呢？

單字解說

とんがる ③ 自動 尖

おしゃれ ② ナ形 時髦、時尚

酷使する ① 他動 虐待
（こくし）

1. 「と」表示連接兩個具因果關係的動作或作用，前項為理由，後項為當然的結果，「と」的前面若是名詞要接「だ」。

2. 助動詞「そう（だ）」前面若接ナ形容詞語幹，則表示樣態，意思是「感覺、似乎」。「とんがる」為「とがる」的口語說法。「やつ」的意思是「東西」，在此指鞋子。

3. 「～より、～のほうがいい」為比較的句型，意思是「比起～，～比較好」。

4. 「の」表示疑問，語調要上揚，意思是「呢」。

還可這麼說

うんどうぐつ　らく
運動靴が楽でいい。
運動鞋輕鬆比較好。

　　　　　　　　　　　　　　は　　ごこち　　だいじ
デザインよりも履き心地が大事。
比起設計，重要的是穿起來的感覺。

ゆうがた　　　　　　　　あし　　むく
夕方になると足が浮腫む。
一到傍晚，腳就會浮腫。

食料品を買う　買食品

母：夕飯のおかずを買いに行こう。米も切れてるし。

父：車を出すから、ちょっと待って。

母：ついでに商店街の魚屋さんに寄ってくれる？刺身を頼んであるから。

父：分かった。買い物袋、忘れないでね。

媽媽：去買晚餐的菜吧。而且米也沒了。

爸爸：我去開車，稍等一下。

媽媽：能順便到商店街的魚店嗎？因為我有訂生魚片。

爸爸：知道了。別忘了購物袋喔。

單字解説

切れる ② 自動 用盡

寄る ⓪ 自動 順便到

頼む ② 他動 拜託

內容解說

1. 「に」為表示目的的助詞，前面的動詞要變成ます形。「行こう」為「行く」的意志形，表示邀約，意思是「去吧」。用於句末的助詞「し」，為暗示後續的判斷、結論為自明之理，不用說對方就能從上文領會其結果。

2. 本句和下一句的「から」皆表示原因、理由，意思是「因為」。

3. 「他動詞て形＋てある」表示動作後存在的狀態、結果。

4. 「ね」為提醒對方的助詞，意思是「喔」。

還可這麼說

ぎゅうにく、やす う
牛肉、安売りしてるよ。
牛肉賣得很便宜喔。

かね お
お金を下ろしたいから、先に銀行に寄ろう。
因為我想提款，先順道去銀行吧。

きょう さんばい
今日はポイント3倍デーだから、
わす
ポイントカードを忘れないでね。
因為今天是點數3倍日，別忘了集點卡喔。

返品・交換　退貨・交換

裕太：これのサイズが合わないので、返品できますか？

店員：申し訳ございません。こちらはセール品なので、返品は致しかねます。交換でしたら承ります。

裕太：そしたら、ワンサイズ大きいのと交換してもいいですか？

店員：少々お待ちください。レシートはお持ちですか？

裕太：這個因為尺寸不合，可以退貨嗎？

店員：非常抱歉。因為這個是拍賣品，所以無法退貨。若是交換的話就可以接受。

裕太：那麼，可以換大1號的嗎？

店員：請稍等一下。有帶收據嗎？

單字解說

返品 [0] 名 退貨

セール品 [0] 名 拍賣品

交換する [0] 他動 交換

1. 「ので」表示原因或理由，意思是「因為」。「から」雖然也是表示原因和理由，但「から」著重原因，「ので」著重結果，而且「ので」比「から」更正式更委婉。

2. 「動詞ます形＋かねます」是指「不能～、很難～」的意思。「承る」為「受ける」（接受）的謙讓語，用來表示尊敬。

3. 「動詞て形＋てもいいですか」為表示徵求許可的句型，意思是「可以～嗎」。

4. 「お持ち」為尊敬語的說法。

還可這麼說

> 1つ小さいサイズに交換してください。
> 請換成小1號的。

> 汚れがついています。
> 沾有污漬。

> 返金してもらえますか？
> 能退錢嗎？

取り寄せ　調貨

花子：これの黒はありますか？

店員：大変申し訳ございません。ただいま品切れです。

花子：取り寄せはできますか？

店員：ほかの店の在庫状況を確認のうえ、在庫がございましたら、お取り寄せいたします。

花子：這個有黑色的嗎？

店員：很抱歉。目前已經賣完了。

花子：可以調貨嗎？

店員：待確認其他店的庫存狀況之後，若有庫存，就能調貨。

單字解說

品切れ ⓪ 名 賣完、缺貨

取り寄せ ⓪ 名 調貨、訂貨

在庫 ⓪ 名 庫存

1. 「ただいま」為副詞，意思是「目前、剛剛」。

2. 「うえ」意思是「之後」，另外「動詞た形＋うえ＋で」的用法，例如「確認(かくにん)したうえで」也很常見。「ございます」為「あります」的謙讓語，用來表示尊敬。「たら」前面接動詞た形，表示假設，意思是「若〜」。「お＋取(と)り寄(よ)せ＋いたします」為「取(と)り寄(よ)せる」的謙讓語，用來表示尊敬。

還可這麼說

恐(おそ)れ入(い)りますが、現品限(げんぴんかぎ)りとなります。
很抱歉，只有現貨。

ほかのデザインはありますか？
有其他設計嗎？

あいにく在庫切(ざいこぎ)れです。
很不巧庫存沒了。

支払い　付款

父 ：カードでお願いします。分割払いはできますか？

店員：大変申し訳ございませんが、食品は一括払いのみです。

父 ：じゃ、それでお願いします。

店員：暗証番号とサイン、どちらになさいますか？

爸爸：麻煩你，我要刷卡。可以分期付款嗎？

店員：非常抱歉，食品僅限一次付清。

爸爸：那麼，就麻煩你了。

店員：請問密碼和簽名哪個好？

分割払い ⑤ 名 分期付款

一括 ⓪ 名 一次全部

暗証番号 ⑤ 名 密碼

内容解説

1. 助詞「で」表示手段或方法，意思是「用」。
2. 除了「一括払い」，還有「2回払い」（分2期付費）、「ボーナス払い」（年中或年終獎金付費）等説法。「のみ」為助詞，意思是「只有」，接在名詞或動詞辭書形之後，例如「返事を待つのみです」（只能等待回信了）。
3. 助詞「で」表示方法，意思是「用」，也就是用前面提到的「一括」（一次付清）的方法。
4. 若前面只有2個選項時用「どちら」，2個以上的話就用「どれ」。

還可這麼説

申し訳ございませんが、当店は現金のみです。
很抱歉，本店只能付現。

スイカは使えますか？
可以使用Suica嗎？

※Suica為關東地區的一種交通卡，除了用來支付電車費之外，還可在加盟店使用。

あっ！暗証番号を忘れました。サインでもいいですか？
啊！密碼忘了。簽名也可以嗎？

配達　送貨
はいたつ

父　：配達サービスはありますか？
ちち

店員：３０００円以上のお買い上げなら、無料で配達
てんいん　　　さん ぜん えん いじょう　　　か あ　　　　　　　む りょう　　はいたつ

　　　しております。

父　：はい、わかりました。配達お願いします。
ちち　　　　　　　　　　　　　　　　はいたつ　ねが

店員：こちらの用紙にお名前とご住所、お電話番号
てんいん　　　　　　ようし　　　な まえ　　じゅうしょ　　　でん わ ばんごう

　　　をご記入ください。
　　　　き にゅう

爸爸：有送貨服務嗎？

店員：購買 3000 日圓以上的話，可免費送貨。

爸爸：好的，我知道了。麻煩你送貨。

店員：請在這張紙上寫上大名、住址和電話號碼。

單字解說

お買い上げ ⓪ 名 購買
か あ

無料 ⓪ 名 免費
む りょう

配達する ⓪ 他動 送貨、發送
はいたつ

内容解説

1. 「なら」為接續助詞，表示假定，意思是「如果」。「で」為表示方法、手段的助詞。「おります」為「います」的謙讓語，表示尊敬。

2. 「に」為表示場所的助詞。接頭語「お」適用於固有和語，而「ご」則適用於受中文影響的漢語，本篇出現的「お」都是用來表示尊敬的尊敬語。

05
購物

還可這麼說

ご ご よ じ い こう　　はいたつ
午後4時以降は配達しておりません。
下午4點以後不送貨。

はいたつさき　　　　　じ たく
配達先はご自宅ですか？
送貨地點是自家住宅嗎？

に　　さんにち い ない　　　　はいたつ　　か のう
2、3日以内での配達は可能ですか？
2、3天以內可以送達嗎？

要在日本血拼就要選對時機

　　有計畫前往日本大肆添購服飾的朋友，千萬不能錯過冬夏兩季折扣最多的「クリアランスセール」（換季大拍賣）。一般來說，這兩季的拍賣是從12月和6月底開始，1月和8月底結束。最近也有不少服飾店在非拍賣期間，推出買2件以上，就打8～9折的服務，而「UNIQLO」等快時尚的大型連鎖店，每逢假日也都會提供特價商品。對血拼有興趣的朋友，一定要掌握良機。

　　此外，也提醒大家日本的「１割」表示便宜1成，也就是9折的意思，可別搞錯空歡喜一場。當然如果您在街上看到下面這些字樣，一定要走進店裡瞧瞧，說不定能挖到寶喔。

よりどり３足で1000円 任意挑選3雙1000日圓	○○円均一 ○○日圓均一價	お値打ち価格 物超所值價格
お買い得商品大放出 優惠商品大出售	感謝祭 酬賓大拍賣	誕生祭 週年慶
雨割 雨天特價	出血大サービス 虧本大拍賣	閉店セール 關門拍賣
タイムセール 限時拍賣	初売り 新年首日銷售	福袋 福袋

交通

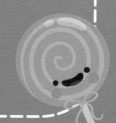

飛行機　飛機
ひこうき

裕太（ゆうた）：通路側（つうろがわ）の席（せき）をお願（ねが）いします。

グランドスタッフ：荷物（にもつ）の中（なか）に割（わ）れやすいものが入（はい）っていますか？

裕太（ゆうた）：いいえ。

グランドスタッフ：ご搭乗（とうじょう）は７番（ななばん）の搭乗口（とうじょうぐち）になります。搭乗口（とうじょうぐち）へは出発時刻（しゅっぱつじこく）の３０分前（ぶんまえ）までにお越（こ）しください。

裕太　：麻煩妳，我要靠走道的座位。

地勤人員：行李中有放易碎的物品嗎？

裕太　：沒有。

地勤人員：登機是在 7 號登機門。請在出發時間的 30 分鐘前前往登機門。

單字解說

荷物（にもつ）① 名 行李

搭乗口（とうじょうぐち）③ 名 登機門

出発時刻（しゅっぱつじこく）⑤ 名 出發時間

1. 靠窗的座位則是「窓際の席」。

2. 空服人員則要說成「フライトアテンダント」。助詞「に」表示東西所在的場所。「〜やすい」意思是「易〜」，前面要接動詞ます形，如「食べやすい」（易食）。

3. 「までに」是指「在〜之前」，而「まで」是指「到〜為止」，注意不要混淆。「お越しください」是「行く」（去）、「来る」（來）尊敬的說法。

還可這麼說

トイレに近い席でお願いします。
麻煩你，我要靠近廁所的座位。

あそこの空いている席に移ってもいいですか？
我可以移到那裡的空位嗎？

私と席を換わっていただけませんか？
能不能請您和我換位子？

電車　電車
でんしゃ

花子：東京の電車は乗り換えが複雑だね。山手線は
どこで乗り換えればいいのかな？

母　：路線図で見ると、渋谷だね。

花子：渋谷へ行くなら、まず湘南新宿ラインに乗ら
ないと。

母　：湘南新宿ラインは何番ホームだっけ？

花子：東京電車的轉乘真複雜啊。山手線要在哪裡換車好啊？

媽媽：就路線圖來看的話，是澀谷吧。

花子：要去澀谷的話，首先得搭湘南新宿線。

媽媽：湘南新宿線在幾號月台呀？

單字解說

複雑 [0] ナ形　複雜
ふくざつ

乗り換える [3][4] 自他動　換車
の　か

ホーム [1] 名　月台

内容解說

1. 助詞「ね」表示輕微的感嘆，也有引起共鳴的作用，意思是「啊」。助詞「で」表示換車的場所，意思是「在」。

2. 助詞「で」表示手段、方法。「と」連接前項與後項，而前項是後項的根據或資料來源。最後的「ね」則表示徵求對方同意或促請對方回答的語意。

3. 助詞「へ」表示方向。「なら」為提示某話題，然後針對此話題表示意見，意思是「如果～的話」。「と」後面省略了「いけない」，意思是「不～不行」。

4. 「だっけ」表示要求回答或確認的助詞。

還可這麼說

路線図をもらえますか？
能給我路線圖嗎？

乗り換えはどこですればいいですか？
在哪裡換車好呢？

池袋へ行きたいんですけど、何線で行けばいいですか？
我想去池袋，搭什麼線去好呢？

タクシー　計程車

父：空車のタクシーが<u>全然</u><u>捕まらない</u>。場所を<u>変えて</u>みようか？

母：あっ！タクシーが<u>来た</u>！<u>乗ろう</u>。

父：この住所<u>まで</u><u>行って</u>もらえますか？

運転手：<u>かしこまりました</u>。シートベルトをお<u>締め</u>ください。

爸爸：完全招不到空計程車。換個地方試看看吧？

媽媽：啊！計程車來了！上車吧。

爸爸：可以麻煩到這個地址嗎？

司機：知道了。請繫上安全帶。

單字解説

捕まる ⓪ 自動 招、抓住

乗る ⓪ 自動 上、乘

締める ② 他動 繫

1. 「全然～ない」表示「完全不～」的句型,例如「全然聞かない」(完全不聽)。「～てみる」表示「試試～」,意志形「みよう」在此表示邀約、提出,意思是「試試看吧」。

2. 「乗る」的意志形「乗ろう」,在此同樣表示邀約、提出,意思是「上車吧」。

3. 「まで」為表示動作到達地點的助詞,意思是「到」。

4. 「かしこまる」為「承知する」的謙讓語,表示尊敬,意思是「知道了」。

還可這麼說

羽田空港まで行ってください。
請到羽田機場。

道なりに進んでください。
請沿著路前進。

この辺りで結構です。
在這附近就可以了。

チケットを買う　買票

裕太：京都まで、片道のチケットを1枚ください。

駅員：自由席でいいですか？

裕太：いいえ、指定席でお願いします。午後3時の
列車は空いていますか？

駅員：今日、午後3時の列車ですね。……ご用意で
きます。

裕太：請給我1張到京都的單程車票。

站員：自由座好嗎？

裕太：不，麻煩對號座。下午3點的列車有空位嗎？

站員：今天下午3點的列車是吧。……可以為您準備。

單字解說

片道 ⓪ 名 單程

空く ⓪ 自動 空

用意する ① 自動 準備

內容
解說

1. 來回為「往復」。

2. 「～でいいですか」為「～好嗎」的句型，例如「分割払いでいいですか」（分期付款好嗎）。

3. 「自動詞て形＋ている」表示動作產生後的持續結果，例如「木が倒れている」（樹倒了）。

4. 「ね」表示徵求對方同意，促請對方回答的助詞，意思是「是吧」。「ご」表示尊敬，後面接續受中文影響的第三類動詞語幹與「できる」，表示「可以為您~」的意思。

還可這麼說

1日乗車券はどこで買えますか？
在哪裡可以買到1日乘車券？

特急券はいりますか？
需要特急券嗎？

※雖然很多特急列車都需要特急券，但也有些路線像東橫線、京急線就不須另外買特急券。

グリーン券はホームでもＩＣカードで買えます。
綠色乘車券也可以在月台用交通卡購買。

※「グリーン車」（綠色車廂）是JR的高級車廂，類似台灣高鐵的商務車廂，要搭乘綠色車廂的話就要買綠色乘車券。

レンタカーを借^かりる　租車

裕^{ゆう}太^た：車^{くるま}を<u>借^かりたいんですが</u>……。

受^{うけ}付^{つけ}：ご予^よ約^{やく}はされていますか？

裕^{ゆう}太^た：はい、<u>予^よ約^{やく}してあります</u>。どんな車^{くるま}があるの

　　　か見^みせてもらえますか？

受^{うけ}付^{つけ}：こちらへどうぞ。ご<u>利^り用^{よう}時^じ間^{かん}</u>はいかが<u>なさい</u>

　　　<u>ます</u>か？

裕太：我想租車……。

櫃臺：請問有預約嗎？

裕太：有，我有預約。能讓我看看有什麼車嗎？

櫃臺：請往這裡。請問您使用時間要多久？

單字解說

借^かりる ⓪ 他動 借

予^よ約^{やく}する ⓪ 他動 預約

利^り用^{よう}時^じ間^{かん} ④ 名 使用時間

内容解說

1. 「動詞ます形＋たい」表示希望做某事，意思是「我想～」。「ん」為「の」的口語說法，表示說明。「が」以句中停頓的形式，表示客氣、保留或點到為止，以待對方回應，屬客氣含蓄的手法。

2. 「ご」為表示尊敬的接頭語，「動詞ない形＋れる（られる）」也是尊敬語的表現方式。

3. 「他動詞て形＋てあります」表示動作後存在的結果或狀態，這裡的意思是「預約了」。

4. 「なさいます」為「します」的尊敬語，用來表示尊敬。

還可這麼說

> カーナビはついていますか？
> 有附汽車導航嗎？

> 乗(の)り捨(す)てはできますか？
> 可以在別的營業所還車嗎？

> 禁煙車(きんえんしゃ)はありますか？
> 有禁菸車嗎？

日本公車、計程車和台灣不一樣的地方

　　在服務先進的日本，公車和計程車的服務也是高水準。就公車來說，光是收票機可以找零，就非常人性化。只要把紙鈔或硬幣放進指定的入口，就能輕鬆換錢。而且在準備下車的時候，司機不但不會催促乘客先走到出口，還會要求乘客待車輛停妥再站起來。至於計程車，開門關門全自動，不須客人動手，是不是很酷呢。

　　偏高的車資也是和台灣大不同的地方。日本公車有分單一金額和站數加價兩種收費方式，以橫濱市單一金額的公車為例，儘管只是幾站，就要220日圓（若使用交通卡則為216日圓，也就是說不論搭乘電車或公車，使用交通卡會比現金便宜），地方城市或鄉下更是昂貴。至於計程車收費，以東京23區為例，起跳410日圓，若超過1052公尺，每237公尺就加算80日圓，因採時間距離並用制運費計算法，行車速度若是低於10公里，也就是塞車時，每1分30秒就會加價80日圓。此外，從晚上10點到清晨5點還要加收2成的深夜加成費用，因此除非是短距離或特別需要，一般人鮮少利用計程車。

　　還有日本很多城市為了招攬觀光客，會提供免費或低於一般票價一半以下的巡迴巴士，前者如台場的「東京BAY SHUTTLE」，後者如東京都台東區的循環巴士「めぐりん」（巡遊號）、橫濱的小紅鞋巴士，不僅舒適又非常適合觀光，不善加利用豈不可惜。

旅遊休閒

旅行の計画　旅行的計畫

花子：冬休み、予定ある？なければ一緒にどこか行かない？

恵美：いいね。せっかくの休みだし、海外にでもどう？

花子：これから申し込めば、間に合うかな？

恵美：旅行会社に頼めば、何とかなると思うよ。

花子：寒假有預定嗎？沒有的話要不要一起去哪呢？

恵美：好耶。難得的假期，出國旅行如何？

花子：如果現在報名的話，來得及嗎？

恵美：拜託旅行社的話，我想應該沒問題吧。

單字解說

予定 ⓪ 名 預定

申し込む ④⓪ 他動 報名

頼む ② 他動 拜託

内容解說

1. 完整的説法是「予定<u>が</u>ある」，省略了助詞「が」，這在口語上很常見。「か」與疑問詞合用時，表示不確定的語氣。

2. 「せっかくの」表示「難得的」句型，例如「<u>せっかくの</u>チャンスも台無しになった」（難得的機會也泡湯了）。「でも」後面省略了「行こうか」，「でも」後面若接勸誘、意志的語氣時，意思是「譬如、或者」，例如「コーヒー<u>でも</u>飲もうか」（去喝咖啡吧）。

3. 「イ形容詞語幹＋ければ／動詞假定形＋ば」為條件的表達，意思是「如果～的話，就～」。

還可這麼說

今度の3連休どこ行く？
這回的3連休要去哪？

まだ決まってないんだ。
還沒決定。

とにかくどこか行きたい。
反正就是想去哪。

変更　變更
_{へんこう}

花子　：2月4日から3泊の予約を変更したいんで
　　　すが……。

予約係：どうされますか？

花子　：2月4日から3泊の予約を2月10日からに
　　　変更したいんです。

予約係：2月10日から3泊ですね。少々お待ちくだ
　　　さい。

花子　：我想變更2月4日起3晚的預約……。

訂房組：您打算如何呢？

花子　：我想把2月4日起3晚的預約變更為2月10日起。

訂房組：2月10日起3晚是嗎。請稍等一下。

單字解說

泊 [接尾語] 宿、晚
_{はく}

変更する [0] [他動] 變更
_{へんこう}

待つ [1] [他動] 等待
_ま

内容解說

1. 助詞「から」接時間之後，表示起點，意思是「～起」。
2. 「されます」為「します」的尊敬語説法。
3. 助詞「に」表示變更的結果。
4. 「お＋動詞ます形＋ください」為請求別人做某事的敬語
   説法，若是表示動作的名詞是漢語的話，就要用「ご～く
   ださい」，例如「ご注意_{ちゅう い}ください」（請注意）。

還可這麼説

2月_{にがつ}4日_{よっか}からの予約_{よやく}をキャンセルしたいん
ですが……。
我想取消2月4日起的預約……。

あいにく満室_{まんしつ}でございます。
很不巧客滿了。

キャンセル待_まちでも構_{かま}いません。
候補也沒關係。

準備　準備
<small>じゅん び</small>

花子：荷物の準備、終わった？
<small>はな こ　　に もつ　じゅん び　　お</small>

恵美：まだまだかかりそう。着替えを何枚持ってい
<small>え み　　　　　　　　　　　　　　き が　　　なんまい も</small>

　　　くか、迷ってるんだ。
<small>　　　　まよ</small>

花子：いっぱい持っていく必要ないよ。現地で買え
<small>はな こ　　　　　　も　　　　　　ひつよう　　　　　げん ち　　か</small>

　　　るし。

恵美：両替は現地の空港でできるんでしょう？
<small>え み　　りょうがえ　げん ち　　くうこう</small>

花子：行李準備好了嗎？

惠美：似乎還要花點時間。正猶豫換穿的衣服要帶幾件去呢。

花子：不需要帶很多去喔，再說當地也買得到。

惠美：在當地的機場換錢就可以了吧？

單字解說

終わる ⓪ 他動 完了
<small>お</small>

迷う ② 自動 猶豫
<small>まよ</small>

現地 ① 名 當地
<small>げん ち</small>

1. 「動詞ます形＋そうだ」表示樣態，意思是「似乎～、感覺～」。助詞「か」表示不確定的語氣。
2. 助詞「よ」表示向對方訴說自己的主張，以及引起對方的注意。助詞「し」用在句末，暗示後續的判斷、結論為自明之理，不用說出來，對方亦能從上文領會其結果。
3. 助詞「で」為動作進行的場所，意思是「在」。

07
旅遊休閒

還可這麼說

荷物の準備ができた。
行李準備好了。

荷物になるから現地で買う。
因為會變成行李，在當地買。

海外旅行保険は入ったほうがいいと思う。
我想加入海外旅行保險會比較好。

地図を見ながら　邊看地圖

恵美：この地図だと、今どの辺りにいるの？

花子：ここじゃない？銀行が見えるから。

恵美：そうするとまっすぐ行って右に曲がれば、
駅だね。

花子：歩いて行ける距離かな？もう足が棒になって
るよ。

恵美：就這地圖而言，現在是在哪一帶啊？

花子：是不是這裡？因為看得到銀行。

恵美：那樣的話，直走向右轉的話就是車站囉。

花子：不知是不是用走的就能到的距離？已經鐵腿囉。

單字解說

辺り　①　名　附近、一帶

曲がる　⓪　自動　轉彎

歩く　②　自動　走

1. 助詞「と」表示連接前項與後項，前項是後項內容的根據或資料的來源。助詞「に」表示所在的場所。助詞「の」表示疑問，語調必須上揚。

2. 「から」為表示原因、理由的助詞，意思是「因為」。

3. 「かな」表示疑問，常用在自問或爭取對方的同意。「なってる」完整的説法是「なっている」，因口語省略了「い」，表示鐵腿狀態的持續。

07 旅遊休閒

還可這麼說

もう、方向音痴なんだから。
唉呦，真是沒方向感的人。

やっぱり道を間違えた。
果然走錯路了。

駅へいくのに、この道であってる？
往車站這條路對嗎？

道を尋ねる　問路

花子：すみません、ちょっといいですか。

　　　小町通りはどう行けばいいですか？

通りすがりの人：小町通りですか？まず、そこの横

　　　　断歩道を渡って、右に曲がってく

　　　　ださい。郵便局が見えたら、そこ

　　　　をまっすぐ行けばいいです。

花子：ここから遠いですか？

通りすがりの人：歩いて5分くらいです。

花子：不好意思，打擾一下好嗎？小町通要怎麼去才好呢？

路人：小町通嗎？首先請穿越那邊的斑馬線，然後向右轉。如
　　　果看到郵局，從那邊直走就可以了。

花子：離這裡遠嗎？

路人：差不多走 5 分鐘。

單字解說

横断歩道 ⑤ 名 斑馬線

渡る ⓪ 自動 穿越、過

遠い ⓪ イ形 遠

內容解說

1. 「動詞假定形＋ば」表示假定條件，意思是「要～，才～」。

2. 「を」表示移動或往來等動作所經過的空間或場所。「動詞た形＋たら」表示在某個動作結束後，進行另一個動作。

3. 「から」接地點、場所等名詞之後，以該地點、場所作為比較遠近的標準。

4. 「くらい」也可以說成「ぐらい」，意思是「差不多、左右」。

還可這麼說

品川駅への道を教えていただけますか？
可以告訴我往品川車站的路嗎？

一番近い駅はどこですか？
最近的車站在哪裡？

そこは歩いてどのくらいかかりますか？
走到那要花多少時間？

ホテルでのトラブル　飯店裡的困擾

花子 :もしもし、２０５号室ですが、部屋にバスタ
　　　　オルがありません。すぐ持ってきて<u>もらえ
　　　　ますか</u>？

フロント:大変申し訳ございません。ただいま<u>お持
　　　　ちいたします</u>。

花子 :あと、**暖房があんまり効かないので**、つ
　　　　いでに見て<u>もらえますか</u>？

フロント:かしこまりました。すぐに<u>お伺いいたし
　　　　ます</u>。

花子：喂，這裡是 205 號房，房間裡沒有浴巾。能馬上幫我拿
　　　來嗎？
櫃臺：非常抱歉。現在就拿過去。
花子：還有，因為暖氣不太起作用，能順便幫我看嗎？
櫃臺：了解。馬上就過去。

單字解說

バスタオル ③ 名 浴巾（英：bath towel）

ただいま ②④ 副 現在

効く ⓪ 自動 有效、起作用

内容解説

1. 「～てもらえます」為請別人替自己做某事的説法，更客氣的説法是「～ていただけます」。

2. 「お＋動詞ます形＋いたします」為謙讓語的説法，表示尊敬。

3. 「あんまり」為「あまり」的口語説法，「あまり～ない」為「不太～」的句型，例如「<u>あまり美味（おい）しくない</u>」（不太好吃）。「ので」表示原因、理由，意思是「因為」。

4. 「<u>伺（うかが）う</u>」為「<u>訪（おとず）れる</u>」的謙讓語，表示尊敬，而「お伺（うかが）い いたします」則是更客氣的説法。

還可這麼說

シャワーからお湯（ゆ）が出（で）ません。
蓮蓬頭熱水出不來。

トイレが流（なが）れません。
廁所不能沖水。

冷房（れいぼう）が効（き）きません。
冷氣不冷。

写真を撮る　拍照

恵美：すみません、写真を撮ってもらえますか？ここを押すだけです。

通りすがりの人：上半身だけでいいですか？

花子：できれば、全身が写るようにお願いします。

通りすがりの人：撮りますよ。はい、チーズ。

恵美：不好意思，能請你幫忙拍個照嗎？只要按這裡就好。

路人：只要上半身就好嗎？

花子：可以的話，麻煩拍全身。

路人：要拍囉。來，笑一個。

單字解說

撮る ① 他動 拍照

押す ⓪ 他動 押、按

写る ② 自動 照

1. 助詞「だけ」表示限於某種程度或範圍，意思是「只要」。

2. 「～ように」表示行為的目的。

3. 「よ」為表示向對方提點、引起對方注意的助詞，意思是「囉」。日本人拍照時習慣說「チーズ」（cheese），因為會露出牙齒，呈現笑臉。

還可這麼說

一緒に写真を撮ってもいいですか？
可以一起拍照嗎？

ここで写真を撮ってもいいですか？
這裡能拍照嗎？

後ろの橋も入るようにお願いします。
麻煩後面的橋也照進去。

07 旅遊休閒

映画を見る　看電影

太郎：明日、映画に行かない？

美紀：いいね。今どんな映画が上映してるの？

太郎：最近話題の「プーと大人になった僕」はどう？

美紀：面白そう。主演はだれだっけ？

太郎：明天要不要去看電影？

美紀：好啊。現在在上映怎樣的電影？

太郎：最近話題的《維尼與我》如何？

美紀：似乎很有趣。主演是誰啊？

單字解說

上映する ⓪ 他動 上映

話題 ⓪ 名 話題

主演 ⓪ 名 主演、主角

1. 「に」為表示目的的助詞。

2. 「の」為表示疑問的助詞，意思是「呢」，為女性常用語。

3. 「イ形容詞語幹＋そうだ」表示樣態，意思是「好像〜、似乎〜」。「だっけ」表示疑問，帶有向對方確認的語氣。

還可這麼說

どんな映画が見たい？
想看怎樣的電影？

ホラー映画のほうがいい。
恐怖電影比較好。

それはスピルバーグの最新作だよ。
那是史匹柏最新的作品喔。

コンサートに行く　去演唱會

花子：コンサートチケットの抽選に当たってよかった。

麻友：倍率が高いから、当たらなかったらどうしようかと思った。

花子：間近で嵐が見えるなんて幸せだね。

麻友：本当。超楽しみ。

花子：抽到演唱會的票真好。

麻友：因為競爭激烈，我還在想如果沒抽到該怎麼辦。

花子：竟然能夠近距離看到嵐，真是幸福啊。

麻友：真的。超期待。

單字解說

当たる ⓪ 自動 中

倍率 ⓪ 名 競爭率

間近 ①⓪ ナ形 近距離

1. 「に」表示動作的所及。
2. 「から」表示原因、理由，與同樣是表示原因、理由的「ので」不同。「から」重視原因，「ので」重視結果，但「ので」比較正式委婉。「動詞た形＋たら」表示在某個假定條件下將如何，否定形為「～なかったら」，意思是「如果沒有～的話」。「か」表示不確定的語氣。
3. 「なんて」用來表示意外的助詞，意思是「竟然」。

07
旅遊休閒

還可這麼說

ちゅうせん　　はず　　　　　　　　　ざんねん
抽選に外れてとても残念だった。
沒抽中非常遺憾。

だれ　　　　　　　　　　　　ゆず
誰かチケットを譲ってくれないかしら。
不知有沒有人可以把票讓給我。

まんいん　　かいじょう　　ちょう も　あ
満員の会場が超盛り上がった。
客滿的會場氣氛超熱烈的。

スポーツジムに通^{かよ}う　去健身房

裕太_{ゆうた}：スポーツジムに通_{かよ}ってるって聞_きいたんだけど。

俊博_{としひろ}：最近筋_{さいきんきん}トレにはまってて、週_{しゅう}に3回通_{かいかよ}ってる
よ。

裕太_{ゆうた}：健康的_{けんこうてき}な生活_{せいかつ}だね。月会費_{つきかいひ}、高_{たか}いでしょう？

俊博_{としひろ}：いや、まあまあ手頃_{てごろ}な値段_{ねだん}だよ。

裕太：聽說你有去健身房。

俊博：最近很熱中肌肉訓練，一週去3次喔。

裕太：真是健康的生活啊。月費很貴吧？

俊博：不會，還算合適的價格喔。

單字解說

通_{かよ}う ⓪ 自動 經常去、往來

はまる ⓪ 自動 沉迷、熱中

手頃_{てごろ} ⓪ ナ形 合適

1. 助詞「に」表示動作完成的所在地。「って」為「と」的口語説法，表示引用。「けど」以中途停頓的方式，不直接讓句子完結，屬含蓄保留、具餘韻的表達方式。

2. 「はまってて」完整的説法為「はまっていて」，省略了「い」，為口語説法，表示熱中持續的狀態。助詞「に」表示比率的標準。

07 旅遊休閒

還可這麼説

<ruby>最近<rt>さいきん</rt></ruby>ヨガにすごく<ruby>興味<rt>きょうみ</rt></ruby>がある。
最近對瑜珈很有興趣。

<ruby>毎朝<rt>まいあさ</rt></ruby>1<ruby>時間<rt>じかん</rt></ruby>かけてトレーニングしてるんだ。
每天早上花1小時訓練。

<ruby>入会<rt>にゅうかい</rt></ruby>すれば、<ruby>毎日<rt>まいにち</rt></ruby><ruby>使<rt>つか</rt></ruby>えるのでとても<ruby>お得<rt>とく</rt></ruby>ですよ。
入會的話，因為每天可以使用，非常划算。

読書　看書

美紀：何読んでるの？そんなに夢中になって。

太郎：赤川次郎の推理小説だよ。面白すぎて途中で

やめられない。

美紀：推理小説か、なんか面白そう。読み終わった

ら、貸して。

太郎：いいよ。でも、絶対返してね。

美紀：你在看什麼？那麼沉迷。

太郎：赤川次郎的推理小說啊。太有趣了，讓人欲罷不能。

美紀：推理小說啊，感覺好像很有趣的樣子。看完借我。

太郎：好啊。但是，一定要還我喔。

單字解說

夢中 ⓪ ナ形 熱中、沉迷

貸す ⓪ 他動 借與

返す ① 他動 歸還

1. 「の」為表示疑問的助詞，語調必須上揚。「夢中_{むちゅう}になる」
   意思為「熱中、沉迷」，助詞「に」表示變化的結果。

2. 「イ形容詞語幹＋すぎる」表示「太過～」的意思，例如
   「美味_{おい}しすぎる」（太好吃了）。「で」表示動作、行為
   完成或結束的時間。

3. 「なんか」為副詞，意思是「感覺」。「イ形容詞語幹＋
   そうだ」表示樣態，意思是「似乎～」。

還可這麼說

仕事_{しごと}の役_{やく}に立_たつから、よく経済_{けいざい}の本_{ほん}を読_よむんだ。
因為對工作有幫助，所以常看經濟書。

旅行_{りょこう}の本_{ほん}を読_よむと、旅_{たび}に出_でた気分_{きぶん}になれる。
看旅遊書，感覺就像出去旅行一樣。

この小説_{しょうせつ}は涙_{なみだ}なしには読_よめない。
這本小說看了沒有不流淚的。

語学　外語學習

花子：英会話教室に通ってるんでしょ？どう？しゃべれるようになった？

恵美：まだまだだよ。もう少し通う回数を増やさないとね。

花子：今、週に何回通ってるの？

恵美：今は週に１回だけ。全然足りてないよ。

花子：有去英語會話教室上課吧？如何？會講了嗎？

恵美：還早呢。不再增加一些上課次數的話是不行的。

花子：現在，一星期去上幾次？

恵美：現在一星期只有一次。完全不夠呢。

單字解說

しゃべる ② 他動 講、說

増やす ② 他動 增加

足りる ⓪ 自動 足夠

1. 「しゃべれる」為「しゃべる」的可能形。「動詞可能形的普通形＋ようになった」表示「變得會～了」的句型，例如「書けるようになった」（變得會寫了）。
2. 「よ」表示向對方訴說自己的主張，加強陳述的語氣。「と」為表示條件的助詞，意思是「的話」，後面省略了「いけない」（不行）。
3. 助詞「に」表示比率的標準。
4. 「全然～ない」表示「完全不～」的句型，例如「全然知らない」（完全不知道）。

還可這麼說

スラスラ話せるようになりたい。
希望說話能變得流利。

動詞の活用でつまずいた。
在動詞的活用遭遇了挫折。

聞き取りが苦手なんです。
對聽力很棘手。

楽器　樂器

裕太：先月からピアノを習い始めたんだ。

俊博：へぇー、意外！どうしたの？

裕太：何か楽器ができたら格好よく見えるでしょ？

俊博：たしかに。でも、僕もピアノやったことがあるけど、すぐ諦めちゃったよ。

裕太：從上個月開始學鋼琴了。

俊博：咦，真意外！怎麼了？

裕太：會個什麼樂器的話，看起來會很帥吧？

俊博：的確，但我也練過鋼琴，但馬上就放棄了。

單字解說

意外 ⓪ ① ナ形 意外

楽器 ⓪ 名 樂器

諦める ④ 他動 放棄

内容解說

1. 助詞「から」接在時間之後，表示起點，意思是「從」。
   「習い始める」是由「習う」（學習）＋「始める」（開始）
   所組合而成的複合動詞，前面的動詞要變成ます形。
2. 「たら」表示在某個條件下將如何，意思是「～的話，～」。
3. 「動詞た形＋たことがある」表示曾經做過某事的經驗，
   例如「食べたことがある」（吃過）。「けど」為「が」
   的口語，表示逆接，也就是前後兩個句子是對立或意思相
   反、不相稱。

還可這麼說

子供の頃からバイオリンを習ってる。
從小時候開始學小提琴。

毎日練習してるけど、
まだコツを掴めてない。
雖然每天練習，但還抓不到訣竅。

今度聞かせてください。
下回請讓我聽聽看。

アウトドア　戸外活動

裕太：近くにいいキャンプ場があるけど、行かない？

俊博：いいね。久しぶりにバーベキューでもやろうか。いい気分転換になるかも。

裕太：キャンプ場の中に釣り堀があるから、魚も釣れるよ。

俊博：キャンプ用品と食材の手配、手伝おうか？

裕太：附近有很好的露營場地，要不要去？

俊博：好耶。久久也來烤個肉吧。或許可以轉換個心情。

裕太：營地裡有釣魚池，也可以釣魚喔。

俊博：要不要幫忙準備露營用品和食材？

單字解說

バーベキュー ③ ① 名 烤肉（英：barbecue）

釣る ⓪ 他動 釣

手伝う ③ 他動 幫忙

内容解說

1. 「（場所）に（事物）がある」表示存在，意思是「在～有～」。「けど」為「が」的口語說法，在此具有標示話題或消息來源，引起下文。前項為開場白，後項為說明。
2. 助詞「でも」在此用來舉例，意思是「之類」。「かも」為「かもしれない」的口語說法，意思是「或許」。
3. 「手伝おう」為「手伝う」的意志形，在此表示提議。

還可這麼說

> めんどう
> 面倒だから、やめとく。
> 因為很麻煩，算了。

> げんき　で　　　　　い
> 元気が出るから、行こうよ。
> 因為會變得有精神，去啦。

> しんせん　くうき　す　　　　き ぶん
> 新鮮な空気を吸うと、気分が
> リフレッシュする。
> 若呼吸新鮮的空氣就可恢復精神。

日語的婉轉表現

　　日語常被説是一種曖昧的語言，若留意的話，應可發現會話中常有不完整或婉轉表達的句子。就像本書有很多句子常常會停在「が」、「けど」，後面的話省略不説。例如「もう駅に着いたんだけど……」（我已經到車站了），這句話雖然沒有下文，但當事人可馬上聯想到後面接續的是「你在哪裡」、「你到了沒」等句子。這正是日本人「以心伝心」（以心傳心）溝通的特徵之一，也就是説不需要語言或文字，就能傳達彼此的心意。

　　為了不損傷對方的顏面，不讓對方難堪，日本人也很喜歡使用委婉的表達方式，因此有些話會常常説到一半甚至一語帶過。例如同事問起晚上下班後要不要一起去喝一杯，若想拒絕對方，又不方便説明理由時，就可回答「今日はちょっと……」（今天有點……），聽到這類型的回答，大部分的日本人通常都很識相，也不會打破砂鍋問到底。

　　此外，日語也常常會看到句尾是「……と思う」（我想……）這樣的表達方式，這也是一種婉轉的表達，隱藏的語意是「這是我個人的想法，或許你有其他的意見，而其他人或許也不是這麼想」等等。這也提醒我們，與日本人交談的時候，盡量不要單刀直入、斬釘截鐵。即使對方明確有誤，「私は違うと思いますけど」（我想不是）會比「違います」（不是）這種直接了當的説法更圓融些。給對方留點餘地，相信能讓日語的溝通更加舒適流暢。

美容・健康

美容院で　在美髮廳
びよういん

美容師：今日はどうなさいますか？
びようし　きょう

花子　：シャンプーとカットをお願いします。
はなこ　　　　　　　　　　　　　ねが

美容師：ずいぶん伸びましたね。長さはいかがなさ
びようし　　　　　　の　　　　　　　なが
　　　　いますか？

花子　：思い切ってショートにしようかな。あごと
はなこ　おも　き
　　　　同じくらいの長さにカットしてください。
　　　　おな　　　　　なが

美髮師：今天要做怎樣的服務？

花子　：麻煩你，我要洗頭和剪頭髮。

美髮師：變很長了呢。長度要如何？

花子　：我想乾脆剪成短髮吧。請剪到和下巴同樣的長度。

單字解說

伸びる ② 自動 變長、留長
の

思い切る ④ 自動 下決心
おも　き

あご ② 名 下巴

1. 「なさる」為「する」的尊敬語，表示尊敬。

2. 「ショート」意思是「短髮」，而「～にする」表示決定某事物，所以本句的意思是「想要剪成短髮」。「しよう」為「する」的意志形，表示説話者想做某事，後面的「かな」則用在自言自語，表示自己的意向或希望。

3. 「長さ」、「高さ」為イ形容詞「長い」與「高い」的名詞形。

還可這麼説

この写真と同じ髪型にしてください。
請弄成和這張相片同樣的髮型。

前髪を切りすぎないでください。
前面的頭髮請不要剪太短。

明るい茶色にしてください。
請染成明亮的茶色。

エステサロンで　在護膚沙龍

エステティシャン：特に気になる部分はありますか？

母：目元と口元のしわが気になります。

エステティシャン：かしこまりました。目元と口元を超音波で重点的にやりますね。

母：あと顔全体が乾燥気味なんですけど、何とかならないですか？

美容師：有特別在意的地方嗎？

媽媽　：很在意眼睛周圍和嘴邊的皺紋。

美容師：了解了。那就用超音波重點做眼睛周圍和嘴邊喔。

媽媽　：還有臉部整體有點乾燥，有沒有什麼辦法啊？

單字解說

目元 ③ 名 眼睛周圍

しわ ⓪ 名 皺紋

重点的 ⓪ ナ形 重點

内容
解說

1. 「気になる」有在意、放心不下、掛念的意思。

2. 助詞「で」表示方法、手段,意思是「用」。

3. 「～気味」表示「覺得有點～（的傾向）」,例如「風邪気味」（覺得有點感冒）。「ん」為「の」的口語說法,表示說明。「けど」表示前提,說話者將要說的相關資訊先擺在前面作為前提,然後加上「けど」,讓對方有心理準備。「何とか」為副詞,意思是不管怎樣,總得設法,而「何とかなる」則表示「總有辦法」。

還可這麼說

足のムダ毛をなくしたいです。
我想去腳毛。

ほっぺのニキビがひどいです。
臉頰上的青春痘很嚴重。

顔のたるみを取りたいです。
想消除臉部的鬆弛。

化粧品　化妆品
けしょうひん

母：最近肌荒れがひどくて、化粧ノリが悪いのよ
ね。

花子：ちゃんとお手入れしてるの？

母：してるよ。新しい化粧品が肌に合わないのか
な？

花子：お母さんは敏感肌だから、注意しないとだめ
だよ。

媽媽：最近皮膚變得很粗糙，也很難上妝對吧。
花子：有好好保養嗎？
媽媽：有啊。是不是新的化妝品不適合皮膚啊。
花子：因為媽媽是敏感膚質，不注意可不行喔。

單字解說

肌荒れ ⓪ 名 皮膚變粗糙

化粧ノリ ⓪ 名 上妝

手入れ ③ ① 名 保養

176

内容解說

1. 「お」為美化語。「してる」完整的説法為「して<u>い</u>る」，口語常會省略「い」。「の」表示疑問，語調必須上揚。

2. 助詞「よ」表示向對方反駁，並帶有不滿的語氣，這裡的語調要下降。

3. 「から」表示原因，前面要接普通形，所以名詞後面要加「だ」。「～ないとだめだ」表示「不～不行」的句型，例如「<ruby>親<rt>おや</rt></ruby>の<ruby>話<rt>はなし</rt></ruby>を<ruby>聞<rt>き</rt></ruby>かないとだめだよ」（不聽父母的話不行喔）。

還可這麼說

<ruby>最近<rt>さいきん</rt></ruby>、<ruby>毛穴<rt>けあな</rt></ruby>に<ruby>角栓<rt>かくせん</rt></ruby>が<ruby>詰<rt>つ</rt></ruby>まりやすいの。
最近，毛孔很容易塞滿粉刺。

<ruby>皮膚科<rt>ひふか</rt></ruby>に<ruby>行<rt>い</rt></ruby>ってみたらどう？
去皮膚科看看如何？

リップグロスで<ruby>唇<rt>くちびる</rt></ruby>のうるおいをキープしたほうがいいよ。
最好用唇蜜保持嘴唇的潤澤喔。

健康食品・サプリメント
健康食品 ・ 營養補給品

父：最近体がだるいなあ。

母：このサプリメントを飲んでみれば？テレビの宣伝によく出てるわよ。

父：本当に効くの？あんまり信用できないと思うな。

母：口コミは結構いいらしいよ。ダメ元で飲んでみようよ。

爸爸：最近身體懶洋洋啊。

媽媽：要不要吃吃看這個營養補給品？常出現在電視的廣告喔。

爸爸：真的有效嗎？但我覺得不太能相信。

媽媽：聽說口碑好像相當不錯喔。反正死馬當活馬醫，試試看嘛。

單字解說

だるい ② イ形 無力、倦懶

宣伝 ⓪ 名 宣傳

口コミ ⓪ 名 口碑

1. 助詞「な」表示感嘆，若要加強語氣可用「なあ」。
2. 助詞「に」表示經常出現的場所，意思是「在」。
3. 「あんまり」為「あまり」的口語，而「あんまり～ない」
   則表示「不太～」的句型，例如「<u>あんまり効<ruby>効<rt>き</rt></ruby>かない</u>」（不
   太有效）。
4. 「らしい」表示個人推測的助動詞，即根據聽來的消息做
   判斷，語感較「ようだ」客觀，還有前面若是イ形容詞時，
   必須是普通形。「ダメ<ruby>元<rt>もと</rt></ruby>」為「ダメで<ruby>元々<rt>もともと</rt></ruby>」的略語，表
   示機會本來就很渺茫，即使失敗也沒有損失的意思。

還可這麼說

<ruby>食欲<rt>しょくよく</rt></ruby><ruby>不振<rt>ふしん</rt></ruby>に<ruby>効<rt>き</rt></ruby>くらしいよ。
聽說對食慾不振很有效喔。

<ruby>健康食品<rt>けんこうしょくひん</rt></ruby>にたくさんのお<ruby>金<rt>かね</rt></ruby>をかけたけど、
<ruby>効果<rt>こうか</rt></ruby>がない。
雖然花了很多錢在健康食品上，卻沒效果。

バランスよく<ruby>食事<rt>しょくじ</rt></ruby>を<ruby>取<rt>と</rt></ruby>れば、サプリメント
なんかいらないと<ruby>思<rt>おも</rt></ruby>う。
若能取得飲食的均衡，我想就不需要什麼營養補給品。

病気　生病

花子：どうも朝から胃の調子が悪いんだ。

母　：何か変なものでも食べた？

花子：いや、別に。

母　：とりあえず市販の薬を飲んでみて。だめなら、

　　　お医者さんに診てもらおう。

花子：總覺得早上開始胃就不舒服。

媽媽：有吃什麼奇怪的東西嗎？

花子：沒有，沒特別吃什麼。

媽媽：暫且先吃吃看市售的藥。如果不行的話，再給醫生看吧。

單字解說

調子 ⓪ 名 狀態、情況

変 ① ナ形 異常、奇怪

市販 ⓪ 名 市售

1. 「どうも」為副詞，意思是「總覺得」。「～の調子が悪い」
   意指「～的狀態不佳、不舒服」，例如「体の調子が悪い」
   （身體狀態不佳）。

2. 助詞「か」表示不確定的語氣。「でも」用來舉例，可以
   翻譯成「之類」。

3. 「ならば」（可省略「ば」）為斷定助動詞「だ」的假定形，
   表示假定的條件，意思是「～的話」。

還可這麼說

お腹にガスがたまってる。
肚子脹氣。

便が硬すぎて出ない。
大便太硬出不來。

体の節々が痛い。
身體的關節很痛。

診療　診療
しんりょう

美紀：鼻水が止まらなくて、熱もあるんです。
み き　　はなみず　と　　　　　　ねつ

医者：いつからですか？
い しゃ

美紀：おとといの夜からです。
み き　　　　　　　よる

医者：まずは体温を測ってみましょう。寒気はしま
い しゃ　　　　　たいおん　はか　　　　　　　　　　さむ け

すか？

美紀：鼻水流不止，還有發燒。

醫生：從什麼時候開始呢？

美紀：前天的晚上開始。

醫生：先測量體溫看看。會畏寒嗎？

單字解說

止まる ⓪ 自動 停止
と

測る ② 他動 測量
はか

寒気 ③ 名 發冷、畏寒
さむ け

1. 「ん」為助詞「の」的口語，在此表示説明。

2. 「から」接在時間的名詞之後，表示起點，意思是「從～開始」。

3. 「動詞て形＋てみる」表示「～看看」。「～ましょう」表示邀約或提議，意思是「～吧」。一般「感到～」要用「～<u>が</u>する」，「寒気<ruby>寒気<rt>さむけ</rt></ruby>がする」（感覺發冷）因為本句是詢問對方的句子，所以這裡的助詞要用「は」。

還可這麼說

咳<ruby>咳<rt>せき</rt></ruby>が止<ruby>止<rt>と</rt></ruby>まらなくて、喉<ruby>喉<rt>のど</rt></ruby>も痛<ruby>痛<rt>いた</rt></ruby>いんです。
咳不停，喉嚨也痛。

3<ruby>3日前<rt>みっかまえ</rt></ruby>日前から微熱<ruby>微熱<rt>びねつ</rt></ruby>が続<ruby>続<rt>つづ</rt></ruby>いています。
從3天前開始就持續輕微地發燒。

時々<ruby>時々<rt>ときどき</rt></ruby>吐<ruby>吐き気<rt>はけ</rt></ruby>き気がします。
偶而會想吐。

怪我　受傷
けが

麻友：昨日、階段から滑りおちて、足を挫いてしま
いました。

医者：捻挫みたいですね。

麻友：かなり腫れてるんですけど、骨は大丈夫です
か？

医者：念のため、レントゲンを撮りましょう。

麻友：昨天從樓梯滑落，腳去扭到。

醫生：好像是扭傷。

麻友：因為腫得很厲害，不知道骨頭有沒問題？

醫生：為慎重起見，還是照個 X 光吧。

單字解說

滑りおちる ⑤ 自動 滑落、踩空
すべ

挫く ② 他動 扭到
くじ

腫れる ⓪ 自動 腫
は

1. 助詞「から」前面接空間等名詞，表示地方的起點。「動詞て形＋てしまう」表示做完某動作後，讓人感到懊悔的心情。
2. 「みたい（だ）」接在名詞或動詞普通形之後，意思是「好像～」，比「～のようだ」更口語些。
3. 「ん」為「の」的口語說法，在此表示說明。
4. 「念のため」為副詞，意思是「為了慎重起見」。
ねん

還可這麼說

包丁で指を切ってしまった。
ほうちょう　ゆび　き
用菜刀切到手指。

歩きスマホをしてて、電柱にぶつかった。
ある　　　　　　　　でんちゅう
邊走邊看手機而撞到電線桿。

ぎっくり腰をやってしまった。
こし
閃到腰了。

薬局　藥局

母 ：風邪薬が欲しいんですけど、早く効くのは

ありますか？

薬剤師：どんな症状ですか？

母 ：鼻水と咳が出ます。

薬剤師：それでしたら、このお薬はいかがですか？

4時間おきに飲めば、よくなりますよ。

媽媽　：我想要感冒藥，有速效的藥嗎？

藥劑師：是怎樣的症狀呢？

媽媽　：流鼻水和咳嗽。

藥劑師：那麼，這個藥如何？如果每隔4小時服用的話，就會好。

單字解說

風邪薬 ③ 名 感冒藥

症状 ③ 名 症狀

飲む ① 他動 喝、吃（藥）

1. 「ほしい」是イ形容詞，表示想要某件事物，前面要接助詞「が」。若是第三人稱就要變成「彼はお金をほしがっている」（他想要錢）。「の」為「薬」的略稱。

2. 「～おきに」表示「每間隔～」，例如「1日おきに頭を洗う」（每隔1天洗1次頭髮）。吃藥必須説成「薬を飲む」，而不是「薬を食べる」（×）。「動詞假定形＋ば」表示假定條件，意思是「如果～的話，就～」。

還可這麼説

この薬はどう飲めばいいですか？
這藥要怎麼吃才好？

1日4回食後と寝る前に飲んでください。
請1天4次飯後和睡前服用。

眠気を起こすことがあるので、
車の運転は控えてください。
因為會想睡覺，請不要開車。

症狀與病名

歯（は）が痛（いた）い。	牙痛。	喘息（ぜんそく）	氣喘
気分（きぶん）が悪（わる）い。	感覺不舒服。	食（しょく）あたり	食物中毒
体（からだ）がだるい。	全身無力。	インフルエンザ	流行性感冒
めまいがする。	感到頭昏。	熱中症（ねっちゅうしょう）	中暑
立（た）ち眩（くら）みがする。	站起來發昏。	アレルギー	過敏
下痢（げり）が止（と）まらない。	腹瀉不止。	骨折（こっせつ）	骨折
息（いき）が苦（くる）しい。	呼吸困難。	脱臼（だっきゅう）	脱臼
目（め）がチクチクする。	眼睛感到刺痛。	頭痛（ずつう）	頭痛
体中（からだじゅう）がかゆい。	全身發癢。	花粉症（かふんしょう）	花粉症
胃（い）がもたれる。	胃脹。	打撲（だぼく）	撞傷
鼻（はな）が詰（つ）まる。	鼻塞。	肺炎（はいえん）	肺炎
吐（は）き気（け）がする。	噁心。	やけど	燙傷

09

戀愛

専欄　女性用語和男性用語

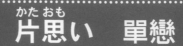
片思い　單戀
かたおも

麻友：拓哉君って付き合ってる人、いるかな？
まゆ　たくやくん　つ　あ　　　ひと

花子：まさか彼のこと、好きなの？直接聞いてみれ
はなこ　　　かれ　　　　す　　　　ちょくせつき
ば？

麻友：それだけは絶対嫌！もし嫌われたら、どうす
まゆ　　　　　　ぜったいいや　　きら
るの？

花子：もう、意気地なし。代わりに聞いてあげよう
はなこ　　　いくじ　　　か　　　き
か？

麻友：拓哉有在交往的人嗎？

花子：難不成妳喜歡他啊？直接問他看看啊？

麻友：唯獨那個絕對不行。如果被討厭的話，該怎麼辦？

花子：唉呦，真沒志氣。要我替妳問嗎？

單字解說

付き合う ③ 自動 交往
つ　あ

嫌う ⓪ 他動 討厭
きら

意気地なし ③ 名 沒志氣、懦夫
いくじ

1. 「かな」表示疑問，可用於一般的詢問或自問。

2. 「まさか」意思是「難不成～」。句尾的「の」表示疑問的助詞。

3. 「だけ」在這裡表示「唯獨這個絕對不行，其他還好」的語感。助詞「たら」表示假定，意思是「如果～的話」。

4. 「代^かわり」（代替）後面接「に」，具副詞作用，可用來修飾後面的「聞^きいてあげる」。「あげよう」是「あげる」的意志形，表示提議。

09 戀愛

還可這麼說

もう１年^{いちねん}も思^{おも}い続^{つづ}けてるの。
已經暗戀了1年。

どうしたらいいんだろう？
該怎麼辦才好呢？

愛^{あい}するより愛^{あい}されるほうがいい。
與其愛人還不如被愛好。

紹介　介紹
しょうかい

俊博：理想のタイプは頭がよくて顔のかわいい女性。
としひろ　り そう　　　　あたま　　　　かお　　　　　　じょせい

裕太：条件が高すぎない？
ゆう た　じょうけん　たか

俊博：まあ、あくまでも理想だよ。
としひろ　　　　　　　　　　り そう

裕太：気が合うかどうかわからないけど、紹介してあげようか？
ゆう た　き あ　　　　　　　　　　　　　しょうかい

俊博：我理想的類型是聰明又長得可愛的女性。

裕太：條件會不會太高？

俊博：唉，終歸是理想啦。

裕太：雖然不知道投不投緣，要不要介紹給你啊？

單字解說

理想 [0] 名 理想
り そう

条件 [3] 名 條件
じょうけん

紹介する [0] 他動 介紹
しょうかい

1. 「イ形容詞語幹＋すぎる」表示「太～」，例如「臭<ruby>臭<rt>くさ</rt></ruby>すぎる」
（太臭了）。

2. 「あくまでも」為副詞，意思是「終歸、不過是」。

3. 「<ruby>気<rt>き</rt></ruby>が<ruby>合<rt>あ</rt></ruby>う」意思是「投緣、合得來」。「～かどうか」
也可以說成「～か～ないか」，意思是「～還是不～」，
例如「<ruby>食<rt>た</rt></ruby>べるか<ruby>食<rt>た</rt></ruby>べないか」（吃還是不吃）。「動詞て
形＋てあげる」為授受動詞，表示「～給」，例如「<ruby>買<rt>か</rt></ruby>っ
てあげる」（買給你）。

還可這麼說

<ruby>優<rt>やさ</rt></ruby>しくて<ruby>静<rt>しず</rt></ruby>かな<ruby>人<rt>ひと</rt></ruby>がいい。
溫柔又嫻靜的人為佳。

<ruby>自分勝手<rt>じ ぶんかって</rt></ruby>な<ruby>人<rt>ひと</rt></ruby>は<ruby>苦手<rt>にがて</rt></ruby>。
我討厭任性的人。

いい<ruby>人<rt>ひと</rt></ruby>がいたら、ぜひ<ruby>紹介<rt>しょうかい</rt></ruby>してください。
如果有好的人，請務必介紹給我。

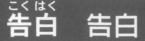

告白　告白
こくはく

博司：花子のことが好きなんだけど、付き合ってくれない？

花子：私でよければ、喜んで。

博司：あー、よかった。断られるかと思った。

花子：これから宜しくね。

博司：我喜歡花子，可以和我交往嗎？

花子：如果我合適的話，很樂意。

博司：啊，太好了。我在想會不會被拒絕。

花子：以後請多多關照喔。

單字解說

付き合う ③ 自動 交往
つきあう

喜ぶ ③ 自動 樂意
よろこぶ

断る ③ 他動 拒絕
ことわる

内容
解説

1. 表示「好<ruby>き<rt>す</rt></ruby>」、「<ruby>嫌<rt>きら</rt></ruby>い」等好惡的感情時，前面的助詞要用「が」。「くれる」在這裡為補助動詞，表示別人為我做某事。

2. 助詞「で」接人物之後，說明使動作成立的人物其身分。「よければ」為「よい」的假定形。

3. 「～<ruby>と思<rt>おも</rt>う」表示「我以為～」。

4. 「<ruby>宜<rt>よろ</rt>しく」後面省略了「<ruby>お願<rt>ねが</rt>いする」。

09
戀愛

還可這麼說

<ruby>ずっと前<rt>まえ</rt>から好<rt>す</rt>きだった。
從以前一直就喜歡你（妳）。

ごめんなさい、<ruby>付<rt>つ</rt>き<ruby>合<rt>あ</rt>ってる<ruby>人<rt>ひと</rt>がいるの。
對不起，我有在交往的人。

やっぱり<ruby>友達<rt>ともだち</rt>でいよう。
還是當朋友吧。

デートの誘い　邀約

太郎：週末、空いてる？ドライブでも行かない？

美紀：いいね。今週の天気はずっとよさそうだし、海に行きたい。

太郎：待ち合わせはどうしようか？

美紀：駅前で9時はどう？

太郎：週末，有空嗎？要不要開車去兜風？

美紀：好耶。再說這星期的天氣好像一直會很好，想去海邊。

太郎：該怎麼會合？

美紀：9點在車站前如何？

單字解說

ドライブ ② 名 兜風

ずっと ⓪ 副 一直

待ち合わせ ⓪ 名 會合

1. 「空いてる」完整的説法為「空いている」，因口語省略了「い」。「でも」表示舉例，意思是「之類」。

2. 一般來説，要表示イ形容詞的樣態，必須是「イ形容詞語幹＋樣態助動詞そうだ」，但「よい」和「ない」例外，必須是「よさそうだ」、「なさそうだ」才行。助詞「し」表示舉一事例暗示其餘，為婉轉含蓄的表達形式。「動詞ます形＋たい」意思是「希望～、想要～」。

3. 助詞「で」表示場所，意思是「在」。

09
戀愛

還可這麼説

仕事の後、予定はありますか？
下班後，有事情嗎？

もしよければ、一緒にお茶でもしませんか？
如果可以的話，要不要一起喝個茶？

ええ、喜んで。
好的，我很樂意。

喧嘩　吵架

美紀：私の気持ちなんてどうでもいいんだね。

太郎：何回も言うけど、嫌なことは嫌なんだよ。

美紀：なんであなたはいつもそうなの？あなたにとって私って何？

太郎：もうこんなのうんざりだ。勝手にしろよ！

美紀：我的心情怎樣都無所謂就對了。

太郎：我已經說很多次了，討厭的事情就是討厭啊。

美紀：為什麼你總是那樣？對你來說我到底算什麼？

太郎：這樣的事情我實在是受夠了。隨便妳啦！

單字解說

嫌　② ナ形　討厭

うんざり　③ 副　厭煩地

勝手　⓪ ナ形　隨便

1. 「なんて」意思是「～等等」，在這裡帶有輕蔑的語氣。
   「でも」前面接「どう」、「いつ」、「だれ」等不定詞，
   表示全部，意思是「無論、不管」。
2. 助詞「も」在此表示強調。
3. 「～にとって」表示「對～而言」的意思。「って」可改
   成「は」，用來告知對方這句話的主題是誰。
4. 「しろ」為「する」的命令形，表示強烈的命令，說話者
   多為男性。

09
戀
愛

還可這麼說

私の言ったこと、聞いてた？
我說的話，你有在聽嗎？

言い訳するなら、もっと上手にしてよ。
要找藉口的話，要找更好一點的嘛。

どうしてわかってくれないの？
為什麼不了解我呢？

仲直り　和好
なかなお

太郎：ごめん、この前はちょっと言いすぎたね。

美紀：私も悪かった。ついカッとなっちゃって。

太郎：そんなつまらないことで怒るなんて、俺もど

　　　うかしてたよ。

美紀：もう仲直りしようよ。

太郎：對不起，之前我說得有點過火了。

美紀：我也不好。不知不覺就火大了。

太郎：竟然因為那點小事情生氣，我也很奇怪呢。

美紀：我們還是和好吧。

單字解說

つまらない ③ 連語 微不足道的、無謂的

怒る ② 自動 生氣
おこ

仲直りする ③ 自動 和好
なかなお

內容解說

1. 「動詞ます形＋すぎる」意思是「～太過度」，例如「飲<ruby>飲<rt>の</rt></ruby>みすぎる」（喝太多）。

2. 「カッとなる」意思是「生氣、火大」。「～ちゃう」為「～てしまう」的口語說法，在這裡表示後悔。

3. 助詞「で」表示原因、理由。「なんて」意思是「竟然」，帶有輕蔑的語感。「どうかしている」意思是「奇怪」，因為口語省略了「い」。

還可這麼說

<ruby>許<rt>ゆる</rt></ruby>してほしい。
希望你（妳）原諒我。

<ruby>私<rt>わたし</rt></ruby>にも<ruby>悪<rt>わる</rt></ruby>いところがあったと<ruby>思<rt>おも</rt></ruby>う。
我想我也有不好的地方。

お<ruby>互<rt>たが</rt></ruby>い<ruby>冷静<rt>れいせい</rt></ruby>になろうよ。
彼此冷靜一下吧。

浮気　劈腿

惠美：彼の言動がどうも怪しいのよね。

花子：なんかあったの？

惠美：隠れてこそこそしてるんだ。女の勘ですぐわかっちゃうよ。

花子：勘違いじゃない？彼はあなたに一途なはずよ。

惠美：總覺得他的言行很詭異耶。

花子：發生什麼事了嗎？

惠美：背著我鬼鬼祟祟的。憑女人的直覺，馬上就知道喔。

花子：是不是誤會了？他對妳應該是很專情的喔。

單字解說

隠れる ③ 自動　背著、隱藏

こそこそする ① 自動　鬼鬼祟祟、偷偷摸摸

一途 ② ナ形　專情、一心一意

1. 「どうも」為副詞，意思是「總覺得」，例如「<u>どうも</u>彼のようすがおかしい」（總覺得他的樣子有點奇怪）。
2. 「なんか」由「なにか」轉變而來，表示不確定的事物。這裡的「の」表示疑問，語調必須上揚。
3. 助詞「で」表示手段、方法，意思是「憑、靠」。「わかっちゃう」為「わかってしまう」的口語說法。
4. 「じゃない」為「ではない」的口語說法，意思是「不是」。

09
戀愛

還可這麼說

どうも私（わたし）を避（さ）けてる。
總覺得在避著我。

ほかに好（す）きな人（ひと）ができたかもしれない。
或許是有其他喜歡的人了。

心変（こころが）わりしたんじゃないの？
是不是變心了？

別れ　分手

祐樹：俺たちもうだめだな。もうこれ以上は無理。

恵美：えー、別れるっていうの？

祐樹：どうせ別れるんだ。早いほうがいい。

恵美：本当に終わりなの？私を捨てないで。

祐樹：我們已經不行了。已經沒辦法再下去了。

恵美：咦，你是説要分手嗎？

祐樹：反正都是要分手的。早一點比較好。

恵美：真的結束了嗎？別拋棄我。

單字解說

無理 ① ナ形 困難、不合適

別れる ③ 自動 分手

捨てる ⓪ 他動 拋棄

1. 「俺」為男性對同輩或晚輩的自稱，女性不宜使用。「これ以上」是指在目前的基礎上，比其更甚的程度，意思是「再～」，例如「もうこれ以上我慢できない」（我已經再也無法忍受了）。

2. 「って」為「と」的口語說法，表示引用，可翻成「你是說」。

3. 「の」為表示疑問的助詞，前面若接名詞，要加上「な」。「動詞ない形＋ないでください」為「請不要～」的句型，本句後面省略了「ください」。

 還可這麼說

ちょっと1人で考えたい。
我想獨自思考一下。

しばらく距離を置こう。
暫時先保持距離吧。

この家から出て行け！
從這個家給我滾出去！

プロポーズ　求婚

太郎：お前に話があるんだ。まじめに聞いてほしい。

美紀：何の話？真剣な顔して。

太郎：お前とずっと一緒にいたいんだ。俺がお前を一生幸せにする。

美紀：それってプロポーズ？嬉しい！

太郎：我有話跟妳説。希望妳認真聽好。

美紀：什麼話？瞧你一臉正經的模樣。

太郎：我想永遠和妳在一起。我要讓妳一輩子幸福。

美紀：那是求婚嗎？真高興！

單字解說

まじめ [0] ナ形 認真

真剣 [0] ナ形 正經、嚴肅

幸せ [0] ナ形 幸福

内容
解説

1. 「お前_{まえ}」是男性對同輩或晚輩的稱呼。助詞「に」表示動作所及的對象。「動詞て形＋てほしい」表示希望對方做某事。

2. 「顔_{かお}して」的完整説法為「顔_{かお}をして」，省略了助詞「を」。「～顔_{かお}をする」表示「露出～的表情」，例如「難_{むずか}しい顔_{かお}をする」（面露難色）。

3. 「って」為「とは」的口語説法，表示引用。

09
戀愛

還可這麼說

僕_{ぼく}と結婚_{けっこん}してください。
請和我結婚。

この指輪_{ゆびわ}を受_うけ取_とってほしい。
希望妳收下這個戒指。

ちょっと考_{かんが}えさせて。
請讓我考慮一下。

女性用語和男性用語

　　男女有別的表達方式也是日語的特徵之一，特別是口語，即使沒聽到聲音，光看文字敘述，便可知道是男或女。男性用語和女性用語最大的不同可從終助詞、感嘆詞、人稱代名詞這三大特徵來看。

　　就終助詞來說，常看日劇的朋友應該可以發現男性的台詞常以「だ」、「だな」、「だぜ」、「ぞ」、「さ」來結尾，至於「わ」、「わよ」、「わね」、「の」、「のよ」、「ことよ」、「かしら」則是女性特有的語尾表現。感嘆詞方面，例如「ほう」（噢）、「おい」（喂）為男性的專用感嘆詞，「あら」（唉呀）、「まあ」（唉）、「ねえ」（喂）則是女性專用的感嘆詞。至於人稱代名詞，表示第一人稱的「俺（おれ）」、「僕（ぼく）」、「わし」為男性專用的自稱代名詞，「あたし」或「わたくし」則為女性常用的自稱代名詞（男性也可以使用）。「あなた」、「あんた」與「君（きみ）」、「お前（まえ）」則分別是女性和男性常用的第二人稱代名詞。

　　就語感來說，女性用語比較委婉客氣，會話中常聽到的「お酒（さけ）」、「お金（かね）」、「お風呂（ふろ）」等前面用「お」來接續的名詞，也就是美化語，便是特徵之一。反之，男性用語就比較直率、粗魯甚至給人壓迫感，用來強調的「ぶん」、「ぶっ」、「くそ」等接頭語，例如「ぶん殴（なぐ）る」（扁）、「ぶっ倒（たお）す」（打倒）、「くそがき」（臭小鬼）都是相當粗魯的男性用語。擔心自己的日語帶粉味或粗魯失禮嗎，有機會多接觸一些日劇，相信很快就能抓到要領喔。

感情的表達

感謝する　感謝
かんしゃ

花子：誕プレありがとう。めっちゃ嬉しい。

恵美：ううん、気にしないで。

花子：気持ちだけでも嬉しいのに、こんな高価なも
の、もらっちゃって悪いよ。

恵美：気に入ってもらえてよかった。

花子：生日禮物謝謝。非常高興。

恵美：不會，別在意。

花子：光是心意就很高興了，還收到這麼昂貴的東西，真不好
意思啊。

恵美：妳會喜歡就好。

單字解說

誕プレ ⓪ 名　「誕生日プレゼント」的略稱，生日禮物
たん　　　　　　たんじょうび

嬉しい ③ イ形　高興
うれ

高価 ① ナ形　高價
こうか

1. 「めっちゃ」原意是「過度、亂來」，在這裡引申為「非常」，例如「めっちゃ悔しい」（非常遺憾）。
2. 助詞「でも」的意思是「即便～、縱令～」。「のに」為逆接的表達，可表示說話者「不好意思、抱歉」的語氣。
3. 「気に入る」的意思是「喜歡、中意」。

⑩ 情感的表達

還可這麼說

なんとお礼を言ったらいいのかわからない。
不知道該怎麼感謝你。

こんなに高いものをもらっていいのかしら。
收到這麼貴的東西不知好不好。

ほんの気持ちです。
只是一點心意。

褒める　誇獎

麻友：本当に手先が器用だね。そんなに細かい作業

　　　ができるなんて。

花子：褒めてくれてありがとう。

麻友：あなたみたいに上手な人は見たことがない

　　　よ。

花子：それは大袈裟だよ。

麻友：手真是巧啊。竟然能做這麼精細的工作。

花子：謝謝妳的誇獎。

麻友：像妳這樣厲害的人還真沒見過呢。

花子：那太誇張了吧。

單字解說 🐦

器用 ① ナ形 靈巧

作業 ① 名 工作

大袈裟 ⓪ ナ形 誇大

內容解說

1. 「なんて」意思是「竟然」，在此表示驚訝的語氣。

2. 別人為我或我這一方做什麼動作時，要用「〜てくれる」，在此有受到恩惠的語感。

3. 「名詞＋みたいに」為「名詞＋<u>の</u>ように」的口語説法，意思是「像〜」。「動詞た形＋<u>た</u>ことがない」表示「沒有〜的經驗」，也就是「沒〜過」的意思，例如「食<ruby>べた<rt>た</rt></ruby><u>た</u>ことがない」（沒吃過）。

4. 和上句的「よ」均是向對方訴説自己的主張、加強陳述語氣的助詞。

10 情感的表達

還可這麼説

> よくやったね。
> 做得真好耶。

> <ruby>本当<rt>ほんとう</rt></ruby>にすごいね。
> 真的好厲害喔。

> <ruby>褒<rt>ほ</rt></ruby>めても<ruby>何<rt>なに</rt></ruby>も<ruby>出<rt>で</rt></ruby>ないよ。
> 稱讚也沒用啦（稱讚也不會有好處）。

嬉しい　高興

太郎：まるで夢みたいだよ。

俊博：こんなに嬉しいこと、めったにないね。

太郎：念願のマイホームが手に入るなんて、自分で
も信じられないよ。

俊博：おめでとう。３５年のローンが待ってるけ
どね。

太郎：簡直就像做夢一樣啊。

俊博：這麼讓人高興的事情還不常有呢。

太郎：夢寐以求的房子能到手，自己也難以相信啊。

俊博：恭喜了。雖然還有 35 年的貸款等著。

單字解說

念願 ⓪ 名 心願

マイホーム ③ 名 自己的房子（英：my＋home）

ローン ① 名 貸款（英：loan）

內容解說

1. 「名詞＋みたい」意思是「宛如、好像」，也可以說成「夢<ruby>夢<rt>ゆめ</rt></ruby>のようだ」。

2. 「めったに」為副詞，下面接否定，表示「不常」的意思，例如「めったに<ruby>会<rt>あ</rt></ruby>わない」（不常碰面）。

3. 慣用句「<ruby>手<rt>て</rt></ruby>に<ruby>入<rt>はい</rt></ruby>る」的意思是「到手、取得」。「なんて」為表示驚訝的助詞，意思是「竟然」。

4. 「けど」以中途停頓的方式，不直接明確使句子完結，是一種具有餘韻的表達方式，暗示尚有下文，不言而喻，可用在暗示不滿或遺憾。

還可這麼說

これ<ruby>以上<rt>いじょう</rt></ruby><ruby>嬉<rt>うれ</rt></ruby>しいことはない。
沒有比這個更讓人高興的事情了。

<ruby>嬉<rt>うれ</rt></ruby>しくて<ruby>涙<rt>なみだ</rt></ruby>が<ruby>出<rt>で</rt></ruby>そう。
高興得快流下眼淚。

<ruby>本当<rt>ほんとう</rt></ruby>なのか<ruby>今<rt>いま</rt></ruby>でも<ruby>信<rt>しん</rt></ruby>じられない。
到現在也無法相信是不是真的。

感動する　感動
かんどう

花子：超感動的だったね。見てるうちに思わず涙が
　　　出ちゃった。

恵美：私も何回もジーンと来ちゃったよ。

花子：まじで泣ける映画だわ。

恵美：本当、今でも胸がいっぱい。

花子：超感動的。看著看著忍不住就留下了眼淚。

惠美：我也是好幾次鼻酸喲。

花子：真是讓人流淚的電影啊。

惠美：真的，到現在依然百感交集。

單字解說

感動的 かんどうてき [0] ナ形 感動的

思わず おも [2][3] 副 忍不住

泣ける な [0] 自動 令人流淚

1. 「超」為接頭語，意思是「非常、極」，例如「超うまい」（超好吃的）。「見てる」為「見ている」的口語說法，省略了「い」。「うち」意思是「時候」，合起來就是「看著看著」。「～ちゃった」為「～てしまった」的口語說法，帶有遺憾、懊悔、明知不可為而為之等語氣。

2. 「ジーンとくる」表示很感動、鼻酸的樣子。

3. 「まじ」源自「真面目に」一語，為年輕人的流行語，意思是「真的」。

4. 「胸がいっぱい」為慣用語，表示內心充滿了感動。

還可這麼說

本当に感動した。
真的很感動。

涙なしには見られない。
看了沒有不流淚的。

見るたびに涙がこぼれる。
每次看每次熱淚盈眶。

10 情感的表達

羨ましい　羨慕

花子：沙織ちゃんはスタイルがよくて頭もいいし、

　　　すごく羨ましいなあ。

恵美：花子も負けないぐらい素敵じゃん。

花子：お世辞を言っても、何も出ないよ。

恵美：あっ、ばれちゃった。

花子：沙織身材好、頭腦又聰明，真讓人羨慕啊。

恵美：花子也不輸她很漂亮啊。

花子：就算諂媚也沒好處喔。

恵美：啊，露餡了。

單字解說

スタイル ② 名 身材

負ける ⓪ 自動 輸、比不上

お世辞 ⓪ 名 奉承、諂媚

218

1. 助詞「な」表示感嘆，若要加強語氣，可以在後面加上「あ」，變成「なあ」。

2. 「ぐらい」表示程度，也可以用同是表示程度的「はど」。「じゃん」為「ではない」的口語説法，意思是「不是」。

3. 「動詞て形＋ても」為逆接的表達方式之一，意思是「即使～，也～」。「疑問詞＋も＋否定」表示全面否定。例如「だれもいない」（沒有一個人在）。

還可這麼説

わたし　　かのじょ
私も彼女みたいになりたい。
我也想變成像她那樣。

しょうじき い　　かのじょ　さいのう　うらや　　　かぎ
正直言って彼女の才能は羨ましい限りだ。
老實説，我非常羨慕她的才能。

や　　　　　　や
焼きもち妬いてるの？
妳在忌妒嗎？

悲しい　悲傷

恵美：どうしたの？悲しそうな顔して。

花子：実は家の犬が車に轢かれて死んじゃったの。

恵美：そっか。

花子：あの日、犬を外に出さなければよかったの
に。本当に悔んでも悔みきれない。

恵美：怎麼了？看起來很悲傷的樣子。

花子：其實是我家的狗被車子輾死了。

恵美：原來如此。

花子：那天，要是沒把狗放出去就好了。真是後悔極了。

單字解說

轢く [0] 自動 輾、壓

死ぬ [0] 自動 死

悔む [2] 他動 後悔

内容解說

1. 「イ形容詞語幹＋そうだ」表示樣態，意思是「看起來～」，因為後面接名詞「顔_{かお}」所以要變成「悲_{かな}しそうな」。「顔_{かお}して」完整的説法是「顔_{かお}をして」，省略了助詞「を」。「～顔_{かお}をする」表示「露出～的表情」，例如「嫌_{いや}な顔_{かお}をする」（露出討厭的表情）。

2. 「轢_ひかれる」為「轢_ひく」的被動形式，前面的助詞「に」表示動作的主體或來源。

3. 助詞「のに」表示對於未能預期或出乎意外的結果感到意外或後悔。「動詞ます形＋きれない」表示「不可能」，例如「食_たべきれない」（吃不完）。

還可這麼說

どうか悲_{かな}しまないでください。
請不要悲傷。

その話_{はなし}を聞_きくと、思_{おも}わず悲_{かな}しくなります。
聽了那席話，忍不住悲傷起來。

思_{おも}い切_きり泣_ないてもいいよ。
痛快地哭也可以喔。

怒り　生氣

父：<ruby>いい<rt></rt></ruby>加減にしてくれない？また余計なものを
買ってきて。

母：あなたには必要がないかもしれないけど、私には必要なの。

父：お前のクローゼットを見るたびに腹が立ってくる。

母：あなたの嫌味を聞くたびに頭にくる。

爸爸：能不能給我有點分寸？又買回來沒用的東西。

媽媽：對你來說或許沒必要，但對我來說是必要的。

爸爸：每次看到妳的壁櫥我就生氣。

媽媽：每次聽到你碎碎念我就火大。

單字解說

余計 ⓪ ナ形　多餘、沒用

クローゼット ② 名　壁櫥（英：closet）

嫌味 ③ ⓪ 名　碎碎念、挖苦

1. 「加減(かげん)」的意思是「程度、狀態」，而「いい加減(かげん)」有兩種意思，一個是「調節成良好的狀態」，例如「いい塩加減(しおかげん)」（鹹味剛剛好），一個是像本句用來責備人太超過，要有分寸的意思。

2. 「～かもしれない」為「或許～」的句型。

3. 「動詞辭書形＋たびに」為「每次只要～、每逢～」的句型，例如「会(あ)うたびに喧嘩(けんか)する」（每次見到面就吵架）。「腹(はら)が立(た)つ」為表示「生氣、火大」的慣用句。因為「腹(はら)が立(た)つ」有間續、階段性，所以會說成「腹(はら)が立(た)ってくる」。

4. 「頭(あたま)に来(く)る」為表示「生氣、火大」的慣用句，和「腹(はら)が立(た)つ」意思相同。

還可這麼說

> 頼(たの)むよ、もう無駄(むだ)なもの買(か)わないで。
> 拜託你了，別再買沒用的東西。

> 私(わたし)の勝手(かって)でしょ。
> 這是我的自由。

> あなたには関係(かんけい)ないでしょ。
> 干你屁事啊。

驚き　驚訝
おどろ

花子：ねえねえ、聞いた？安室奈美恵が引退するっ
　　　て。

恵美：まさか、驚かさないでよ。

花子：私もびっくりしたよ。毎年安室ちゃんのコン
　　　サートを楽しみにしてるのに。

恵美：安室ロスになりそう。

花子：喂喂，聽説了嗎？安室奈美恵要退隱。

恵美：不會吧，別嚇我啦。

花子：我也嚇了一跳。我可是每年都期待著安室的演唱會。

恵美：看樣子我會因為失去安室而失落。

單字解說

引退する ⓪ 自動 退隱
いんたい

驚かす ④ 他動 嚇唬
おどろ

びっくりする ③ 自動 吃驚

內容解說

1.「って」為「という」的口語說法，表示引用。

2.「まさか」為副詞，意思是「不會吧」。另外，後面也常接否定與推量詞，意思是「難道、莫非」，例如「まさか病気じゃないだろうね」（莫非是生病了）。「動詞ない形＋ないで」表示「請不要～」，多帶有責備的語氣。

3.「のに」用於未能達到預期的結果或因為不符理想的結果所帶之不滿的語氣。

4.「～ロス」為流行語，來自「loss」（喪失）一語，表示「因為失去～所產生的失落感」。

還可這麼說

ありえない！
不可能！

そんなはずはないでしょ。
沒那種可能吧。

めっちゃショック！
超震驚的！

10 情感的表達

225

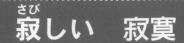

寂しい　寂寞
さび

沙織：独りぼっちのバレンタインは寂しいね。

花子：沙織ちゃんは寂しがり屋だね。私は彼氏がいなくても平気よ。

沙織：このまま一生が終わるんじゃないかと思ったら、ぞっとする。

花子：心配しなくてもいいよ。きっといつかいい人に巡り合えるって。

沙織：孤單一人的情人節真是寂寞啊。

花子：沙織真是個容易感到寂寞的人啊。我就算沒男朋友也不在乎呢。

沙織：想到就這樣終其一生，就讓人害怕。

花子：別操心啦。總有一天一定會遇到好的人啦。

單字解說

寂しがり屋 ⓪ 名 容易感到寂寞的人
さび　　　や

平気 ⓪ ナ形 不在乎
へいき

心配する ⓪ 他動 操心
しんぱい

內容
解說

1. 「ぼっち」為接尾語，意思是「僅僅」，例如「これぼっち」
   （只有這麼一點點）。
2. 「と」表示後面「思う」（想到）的內容。「~たら」表
   示前項的動作與後項的動作相繼成立，例如「家に着いた
   ら電話をください」（到家以後請給我電話）。「ぞっと」
   為副詞，意思是打寒顫，「ぞっとする」則表示害怕。
3. 「に」為表示「巡り合える」（會遇到、邂逅）的對象。

還可這麼說

> 1人暮らしは寂しい。
> 1個人生活很寂寞。

> 誰かそばにいてほしい。
> 希望有人陪在我身邊。

> 弱音を吐くな。
> 別說喪氣話。

謝る　道歉

太郎：嫌な思いをさせてごめんなさい。

美紀：よくそんな嘘つくね。絶対許さない。

太郎：別に騙すつもりはなかったけど、

ついつい……。

美紀：もう言い訳は聞きたくない。あっちへ行っ

て！

太郎：抱歉讓妳感到不愉快。

美紀：那樣的謊話你還真敢講啊。絕不原諒。

太郎：雖然沒特別打算騙妳，但不知不覺就……。

美紀：我已經不想聽你的藉口。滾邊去！

單字解說

許す ② 他動 原諒

騙す ② 他動 欺騙

言い訳 ⓪ 名 藉口

1. 「嫌な思いをする」意思是「感到不愉快」,而本句中的「さ
   せる」為「する」使役動詞,意思是「讓人～、使人～」。
2. 「絶対＋動詞ない形＋ない」為「絕不～」的句型,例如
   「絶対諦めない」(絕不放棄)。
3. 「動詞辭書形＋つもりはない」為「沒～的打算」,例如
   「別れるつもりはない」(沒分手的打算)。「けど」表
   示前後的句子是對立或相反,意思是「雖然～,但是～」。
4. 「へ」為表示方向的助詞。

10 情感的表達

還可這麼說

> あんなことしてすみませんでした。
> 做出那樣的事情對不起。

> 全部私のせいです。
> 全部都是我的錯。

> どうか許してください。
> 請原諒我。

面白い　有趣

花子：俊博君ってすごく面白いね。

裕太：面白いでしょ。まるでお笑い芸人みたい。

花子：性格は明るいし、ジョークもうまいし、きっとモテるよね。

裕太：そうだね。彼と一緒にいるといつも笑いが止まらない。

花子：俊博很有趣耶。

裕太：很有趣吧。簡直就像搞笑藝人。

花子：不僅性格開朗，也很會説笑，一定很受歡迎吧。

裕太：沒錯。只要和他在一起總是笑聲不斷。

單字解說

お笑い芸人 [5] 名 搞笑藝人

明るい [0] イ形 開朗

モテる [2] 自動 受歡迎

1. 「って」可改成「は」，用於提示主語，也就是告訴對方這句話的主要話題是誰。
2. 「まるで＋名詞＋みたい」為「簡直就像～」的句型，例如「<u>まるで子供みたい</u>」（簡直就像小孩）。
3. 「し」表示事例的列舉，且列舉的事例不互相矛盾，常帶有感情或判斷的語氣，來加強發言者的感受。
4. 前面的「と」表示動作、行為的共事者、對手、夥伴等。後面的「と」表示兩個動作同時發生或相繼發生。

10 情感的表達

還可這麼說

彼はいつも笑顔を絶やさない。
他總是笑容不斷。

いつも冗談ばかり言って笑わせてくれる。
總是淨說些笑話讓大家笑。

彼は人を喜ばせるのが得意だね。
他很擅長讓人開心。

附和

　　當別人講話的時候，要仔細聆聽，不可以插嘴，這是大家都知道的禮節與常識。不過，在與日本人交談時，這就不盡然了。除了要仔細聽，還得適時附和，才不會失禮。「附和」，是我有在聽你講話的訊號，也能讓對方知道你是否對他講話的內容有興趣、認同或理解，否則很容易造成對方的不安。因此適時的「附和」可說是應有的禮貌，也是讓會話得以圓滑進行的訣竅。

　　日文程度不好的朋友，若能運用適時附和的技巧，可減少話接不下去的窘境，甚至還能幫助你更進一步投入會話狀況，享受會話的樂趣。常見的附和語，如「おっしゃるとおりですね」（誠如您所說的）、「そうですか」（是這樣嗎）、「本当（ほんとう）？」（真的嗎）、「うそ」（不會吧）、「私（わたし）もそう思（おも）います」（我也是這麼認為）、「なるほどね」（原來如此啊）等等。適時的附和若能添加像「羨（うらや）ましいね」（真羨慕）、「いいね」（讚耶）、「それはそうよ」（那是當然囉）等個人的感想，那就更無懈可擊囉。

MEMO

國家圖書館出版品預行編目資料

道地日語100話，1秒變身日本人 / 林潔珏著
-- 初版 -- 臺北市：瑞蘭國際，2019.05
240面；14.8×21公分 --（外語達人系列；21）
ISBN：978-957-9138-09-3（平裝附光碟片）
1.日語 2.讀本

803.18   108006827

外語達人系列 21

道地日語100話，1秒變身日本人

作者｜林潔珏
責任編輯｜葉仲芸、王愿琦
校對｜林潔珏、葉仲芸、王愿琦

日語錄音｜こんどうともこ、鈴木健郎
錄音室｜純粹錄音後製有限公司
封面設計｜陳如琪
版型設計、內文排版｜陳如琪

瑞蘭國際出版

董事長｜張暖彗・社長兼總編輯｜王愿琦
編輯部
副總編輯｜葉仲芸・副主編｜潘治婷・文字編輯｜林珊玉、鄧元婷
特約文字編輯｜楊嘉怡
設計部主任｜余佳憓・美術編輯｜陳如琪
業務部
副理｜楊米琪・組長｜林湲淘・專員｜張毓庭

出版社｜瑞蘭國際有限公司・地址｜台北市大安區安和路一段 104 號 7 樓之一
電話｜(02)2700-4625・傳真｜(02)2700-4622・訂購專線｜(02)2700-4625
劃撥帳號｜19914152 瑞蘭國際有限公司
瑞蘭國際網路書城｜www.genki-japan.com.tw

法律顧問｜海灣國際法律事務所　呂錦峯律師

總經銷｜聯合發行股份有限公司・電話｜(02)2917-8022、2917-8042
傳真｜(02)2915-6275、2915-7212・印刷｜科億印刷股份有限公司
出版日期｜2019 年 05 月初版 1 刷・定價｜360 元・ISBN｜978-957-9138-09-3

瑞蘭國際